U0103814

名家作品
名师赏析系列

周国平作品

周国平 — 著

朱莉萍 — 赏析

长江出版传媒 | 长江文艺出版社

图书在版编目（CIP）数据

周国平作品 / 周国平著；朱莉萍赏析. -- 武汉：
长江文艺出版社，2022.6
（名家作品. 名师赏析系列）
ISBN 978-7-5702-2649-8

Ⅰ. ①周… Ⅱ. ①周… ②朱… Ⅲ. ①散文集－中国
－当代 Ⅳ. ①I267

中国版本图书馆 CIP 数据核字(2022)第 073882 号

周国平作品
ZHOU GUOPING ZUOPIN

责任编辑：程华清　　　　　　　　　责任校对：毛季慧
装帧设计：天行云翼·宋晓亮　　　　责任印制：邱　莉　杨　帆

出版：长江出版传媒　长江文艺出版社
地址：武汉市雄楚大街 268 号　　　　邮编：430070
发行：长江文艺出版社
http://www.cjlap.com
印刷：武汉市籍缘印刷厂

开本：640 毫米×970 毫米　　1/16　　印张：12.25　　插页：1 页
版次：2022 年 6 月第 1 版　　　　2022 年 6 月第 1 次印刷
字数：120 千字

定价：25.00 元

拥有看世界的特别眼光

——读书之妙与生活之道

朱莉萍

我是从多个角度认识周国平先生的。

多年前，听一位同仁上语文公开课，是周国平先生《人生寓言》中的两则，《白兔与月亮》与《落难的王子》。白兔独具审美的慧心，赏月时总是心旷神怡。当诸神之王将月亮归属白兔所有后，白兔却"勾起了无穷的得失之患"。王子最听不得悲惨的故事，当厄运终于落到他头上的时候，他明白了：灾难，无论落到谁头上，谁都得受着。应该怎样对待财富与所得、怎样对待厄运与苦难的道理如春雨悄悄潜入学生的心灵。

无强制，无卖弄，不是塞给你一个观点，再卖力地去证明。周先生就像一个大朋友在与你淡淡地聊天。

小故事，大道理，人生的哲思就这样娓娓地铺开，就是中学生也可以轻松地阅读。

后来读到周国平先生的《妞妞》，我感受到一位失去女儿的慈父的全部心情。"我爱我的女儿胜于爱一切哲学""女儿永远一岁半",爱与苦难的哲理,在一个初为人父却遭遇和自己骨肉生死之别的人的心里,创造出独特的价值,升华成生命里的精神港湾。

还读到不少周国平先生的哲学美文。在追求精神浪漫的八十年代,周国平向中国人重新介绍尼采,一举成了文化偶像;九十年代以后,周国平更是被冠以"平民哲学家""人生导师"的称号。周先生的作品还多次被中小学语文教材和试卷选中,成为名副其实的"国民作家"。这位七十七岁的老人似乎依旧保持着创作热情,一手做哲学,一手写散文,他风格鲜明的哲理散文已经俘获了几代读者。

周先生笔下的丰富世界,完全源于他所拥有的独特眼光。眼光虽然难以物化,不可量化,无法显化,却是优秀之人的基本素质与必备条件。一个人之所以卓越,在很大程度上就因为他们具有超乎寻常的眼光和见识,能发现别人看不到的亮点,品味别人看不到的美丽。

这本书主要针对中学生,选文重点从两个方面体现编者意图。一是拓展阅读视野,品味读书之妙;二是领悟人生哲理,感受生活之道。希望中学生在阅读中也能慢慢变得有眼光,从而拥有宏阔深远的视域和直入底蕴的明彻。

周国平先生在他的一篇散文《读书的癖好》中写道:"读书的癖好能够使人获得一种更为开阔的眼光,一个更加丰富多彩的世界。"当阅读成为一种习惯、一种生活的需要,你对书不再视若不见,而是刮目相看了,你的眼中就有了一个世界。

周先生是一个爱读书的人,这本选集关于读书的篇目不少。他着眼趣味，但凡能让人得到精神成长的领域都有所涉猎。

这里面有读中国古代名人名作的。比如《诗人的执著与超脱》，"除夕之夜，陪伴我的只有苏东坡的作品"。《孔子的洒脱》里，我们了解到孔子对于读书有他自己的看法，他主张要从兴趣出发。"独抒性灵，不拘格套，非从自己胸臆流出，不肯下笔。"《人生贵在行胸臆》不仅是袁中郎的文学主张，也说出了他的人生态度。读书是常读常新的，韩愈是"文起八代之衰"的大文豪，是儒家道统的卫道士，作者却发现了《另一个韩愈》，"一个深通人情、明察世态的韩愈"。

这里面有读世界的哲学大师。《每个人都是一个宇宙》里，爱默生的哲学虽不入"正史"，他的智慧却永存。《人不只属于历史》里，加缪说："在历史之外，阳光下还绵亘着存在的广阔领域，有着人生简朴的幸福。"

这里还有周先生为优秀的书籍写的序、作的介绍，翻新了我们的阅读空间。《时光村落里的往事》告诉我们，只有珍惜往事的人才真正在生活。周先生借新译本出版之机，用《让世界适合于小王子们居住》再一次表达了他对《小王子》这部天才之作的崇拜和热爱。《古驿道上的失散》《人生边上的智慧》都是介绍杨绛先生的新书，我们会读出依然平和的心态和文字中，荡漾着一种令人钦佩的勇敢和敏锐。还有《表达你心中的爱和善意》和《生命中不能错过什么》，让我们认识了两本温暖的书，对生活的惊奇感、使生活焕发诗意的想象力、源自感激生命的善良和爱等等，是我们不能错过的东西。

当然，还有《人与书之间》《经典和我们》等，告诉我们，什么样的书最适合于精神漫游呢？当然是经典，它里面藏着一个个既独特又完整的精神世界。有的书改变了世界历史，有的书改变了个人命运……

"学而思，思而录，是愉快的精神拾荒之三步曲。"每一个学生在阅读时要善于思考，更要有随时记录的好习惯。读到好句子，抄录一遍，抄着抄着，就会仿写、续写了。当有一天，你的文笔和精神仿佛"站到巨人的肩膀上"，你自己一定会欣欣然的。

雨果曾经说过："脚不能到达的地方，眼睛可以到达；眼睛不能到达的地方，精神可以到达。"思想是步履的延续，可以带你到达神奇的国度。周国平先生是一位智者，他早早地到达了那个国度，并且从生活的角度入手，召唤着迷惘的心灵，启迪着人生的智慧，那些关于哲学、关于生命、关于精神的哲思，就在这本散文集的字里行间。

《家》是一只船，船就是我们的家。四周时而风平浪静，时而波涛汹涌，但只要这只船是牢固的，一切都化为美丽的风景。家是温暖的港湾，家是永远的岸。列车飞驰，《车窗外》无物长驻，风景永远新鲜。景物是流动的，思绪也是流动的。《被废黜的国王》告诉我们：人的高贵的灵魂必须拥有配得上它的精神生活，一个人通过承受苦难而获得的精神价值是一笔特殊的财富。《苦难的精神价值》来之不易，就决不会轻易丧失。《人的高贵在于灵魂》，唯有作为灵魂的人，才分出了高贵和平庸，乃至高贵和卑鄙。一个人唯有《对自己的人生负责》，建立了真正属于自己的人生目标和生活信念，他才能自觉地承担起对他人和社会的责任。……

在天空和土地日益被拥挤的高楼遮蔽的时候，在人们的阅读日益被互联网和手机取代的时候，我们精神的国度也在日益萎缩暗淡。哲学是深奥的，但生活即哲学，不论是《人生寓言》还是《孤岛断想》，昂扬的都是《诗意地栖居》的初心。学习周先生对生活的观察和热爱，从凡人小事中获得人生的启迪和思考，这是中学生核心素养培养的重要途径，也是这本选集的现实价值之所在。

我总是清晰地记得这样一个画面：列车飞驰，车厢里闹哄哄的，旅客们在聊天、打牌、吃零食。一个少女躲在车厢的一角，全神贯注地读着一本书。她读得那么专心，还不时地往随身携带的一个小本子上记些什么，好像完全没有听见周围嘈杂的人声。望着她沐浴在一片光辉中的安静的侧影，我心中充满感动。

只要拿起一本好书，就会忘记一切。

"荷风送香气，竹露滴清响。"领悟了读书之妙与生活之道，会让你见微知著，抓住内质。拥有了看世界的特别眼光，就会增长见识，每每在为人处世和学习工作中高屋建瓴，成竹在胸，富有创新思维和战略前瞻，从而走向成功，一览众山小。

目 录

诗人的执著和超脱

一

除夕之夜，陪伴我的只有苏东坡的作品。

读苏东坡豪迈奔放的诗词文章，你简直想不到他有如此坎坷艰难的一生。

有一天饭后，苏东坡捧着肚子踱步，问道："我肚子里藏些什么？"

侍儿们分别说，满腹都是文章，都是识见。唯独他那个聪明美丽的侍妾朝云说：

"学士一肚子不合时宜。"

苏东坡捧腹大笑，连声称是。在苏东坡的私生活中，最幸运的事就是有这么一个既有魅力又有理解力的女人。

以苏东坡之才，治国经邦都会有独特的建树，他任杭州太守期间的政绩就是明证。可是，他毕竟太富于诗人气质了，禁不住有感便发，不平则鸣，结果总是得罪人。他的诗名冠绝一时，流芳百世，但他的五尺之躯却见容不了当权派。无论政敌当道，还是同党秉政，他都照例不受欢迎。自从身不由己地被推上政治舞台以后，他两度遭到贬谪，从三十五岁开始颠沛流离，在一地居住从来不满三年。你仿佛可以看见，在那交通不便的时代，他携家带眷，风尘仆仆，跋涉在中国的荒野古道上，无休无止地向新的谪居地进发。最后，孤身一人流放到海南岛，他这个一天都离不了朋友的豪放诗人，却被迫像野人一样住在蛇蝎衍生的椰树林里，在语言不通的蛮族中了却残生。

二

具有诗人气质的人，往往在智慧上和情感上都早熟，在政治上却一辈子也成熟不了。他始终保持一颗纯朴的童心。他用孩子般天真单纯的眼光来感受世界和人生，不受习惯和成见之囿，于是常常有新鲜的体验和独到的发现。他用孩子般天真单纯的眼光来衡量世俗的事务，却又不免显得不通世故，不合时宜。

苏东坡曾把写作喻作"行云流水"，"常行于所当行，常止于不可不止"，完全出于自然。这正是他的人格的写照。个性的这种不可遏止的自然的奔泻，在旁人看来，是一种执著。

真的，诗人的性格各异，可都是一些非常执著的人。他们的心灵好像固结在童稚时代那种色彩丰富的印象上了，但这种固结不是停滞和封闭，反而是发展和开放。在印象的更迭和跳跃这一点上，谁能比得上孩子呢？那么，终身保持孩子般速率的人，他所获得的新鲜印象不是就丰富得惊人了吗？具有诗人气质的人似乎在孩子时期一旦尝到了这种快乐，就终身不能放弃了。他一生所执著的就是对世界、对人生的独特的新鲜的感受——美感。对于他来说，这种美感是生命的基本需要。富比王公，没有这种美感，生活就索然乏味；贫如乞儿，不断有新鲜的美感，照样可以过得快乐充实。

美感在本质上的确是一种孩子的感觉。孩子的感觉，其特点一是纯朴而不雕琢，二是新鲜而不因袭。这两个特点不正是美感的基本素质吗？然而，除了孩子的感觉，我不知道还有什么别的感觉。雕琢是感觉的伪造，因袭是感觉的麻痹，所以，美感的丧失就是感觉机能的丧失。

可是，这个世界毕竟是成人统治的世界啊，他们心满意足，自以为是，像惩戒不听话的孩子一样惩戒童心不灭的诗人。不必说残酷的政治，就是世俗的爱情，也常常无情地挫伤诗人的美感。多少诗人以身殉他们的美感，就这样地毁灭了。一个执著于美感的人，必须有超脱之道，才能维持心理上的平衡。愈是执著，就必须愈是超脱。这就是诗与哲学的结合。凡是得以安享天年的诗人，哪一个不是兼有一种哲学式的人生态度呢？歌德，托尔斯泰，泰戈尔，苏东坡……他们在某种程度上都同时是哲学家。

三

美感作为感觉，是在对象化的过程中实现自己的。不能超脱的诗人，总是执著于某一些特殊的对象。他们的心灵固结在美感上，他们的美感又固结在这些特殊的对象上，一旦丧失这些对象，美感就失去寄托，心灵就遭受致命的打击。他们不能成为美感的主人，反而让美感受对象的役使。对于一个诗人来说，最大的祸害莫过于执著于某些特殊的对象了。这是审美上的异化。自由的心灵本来是美感的源泉，现在反而受自己的产物——对象化的美感即美的对象——的支配，从而丧失了自由，丧失了美感的原动力。

苏东坡深知这种执著于个别对象的审美方式的危害。在他看来，美感无往而不可对象化。"凡物皆有可观，苟有可观，皆有可乐，非必怪奇伟丽者也。"如果执著于一物，"游于物之内"，自其内而观之，物就显得又高又大。物挟其高大以临我，我怎么能不眩惑迷乱呢？他说，他之所以能无往而不乐，就是因为"游于物之外"。"游于物之外"，就是不要把对象化局限于具体的某物，更不要把对象化的要求变成对某物的占有欲。结果，反而为美感的对象化打开了无限广阔的天地。"江上之清风，与山间之明月，耳得之而为声，目遇之而成色，取之无禁，用之无竭，是造物者之无尽藏也"，你再执著于美感，又有何妨？只要你的美感不执著于一物，不异化为占有，就不愁得不到满足。

诗人的执著，在于始终保持一种审美的人生态度。诗人的超脱，在于没有狭隘的占有欲望。

所以，苏东坡能够"谈笑生死之际"，尽管感觉敏锐，依然胸襟旷达。

苏东坡在惠州谪居时，有一天，在山间行走，已经十分疲劳，而离家还很远。他突然悟到：人本是大自然之子，在大自然的怀抱里，何处不能歇息？于是"心若挂钩之鱼，忽得解脱"。

"人生到处知何似？应似飞鸿踏雪泥，泥上偶然留指爪，鸿飞那复计东西。"诗人的灵魂就像飞鸿，它不会眷恋自己留在泥上的指爪，它的唯一使命是飞，自由自在地飞翔在美的国度里。

我相信，哲学是诗的守护神。只有在哲学的广阔天空里，诗的精灵才能自由地、耐久地飞翔。

1983.12

 **名师赏析**

这篇文章是写诗人，也是写哲学。文章开篇，苏东坡"豪迈奔放的诗词文章"与"坎坷艰难的一生"就充满辩证。周先生喜爱苏东坡，"捧着肚子踱步"，一个"捧"，一个"踱"，孩子般天真的形象跃然纸上。文章中，苏东坡听了侍妾朝云"学士一肚子不合时宜"的评价后捧腹大笑，作者写到此处大概也是心有戚戚吧。

苏东坡的执著在于他的童心，在于他个性的自然的奔泻，在于他对世界、对人生总有着独特的新鲜的感受。但是在成人统治的世界里，这样的执著就是格格不入、不通世故。这就需要超脱。"愈是执著，就必须愈是超脱。"当读到苏东坡携带家眷，风尘仆仆，无休无止地向新的谪居地进发时，我们看到的是他谈笑生死的旷达胸襟，难怪周国平先生说苏东坡是哲学家。

每个人都是一个宇宙

一

我的怪癖是喜欢一般哲学史不屑记载的哲学家，宁愿绕开一个个曾经显赫一时的体系的颓宫，到历史的荒村陋巷去寻找他们的足迹。爱默生就属于这些我颇愿结识一番的哲学家之列。

我对爱默生向往已久。在我的精神旅行图上，我早已标出那个康科德小镇的方位。尼采常常提到他。如果我所喜欢的某位朋友常常情不自禁地向我提起他所喜欢的一位朋友，我知道我也准能喜欢他的这位朋友。

作为美国文艺复兴的领袖和杰出的散文大师，爱默生已名垂史册。作为一名哲学家，他却似乎进不了哲学的"正史"。他是一位长于灵感而拙于体系的哲学家。他的"体系"，所谓超验主义，如今在美国恐怕也没有人认真看待了。如果我试图对他的体系作一番条分缕析的解说，就未免太迂腐了。我只想受他的灵感的启发，随手写下我的感触。超验主义死了，但爱默生的智慧永存。

二

也许没有一个哲学家不是在实际上试图建立某种体系，赋予自己最得意的思想以普遍性形式。声称反对体系的哲学家也不例外。但是，大千世界的神秘不会屈从于任何公式，没有一个体系能够万古长存。幸好真正有生命力的思想不会被体系的废墟掩埋，一旦除去体系的虚饰，它们反以更加纯粹的面貌出现在天空下，显示出它们与阳光、土地、生命的坚实联系，在我们心中唤起亲切的回响。

爱默生相信，人心与宇宙之间有着对应关系，所以每个人凭内心体验就可以认识自然和历史的真理。这就是他的超验主义，有点像主张"吾心即是宇宙""心即理""致良知"的宋明理学。人心与宇宙之间究竟有没有对应关系，这是永远无法在理论上证实或驳倒的。一种形而上学不过是一种信仰，其作用只是用来支持一种人生态度和价值立场。我宁可直接面对这种人生态度和价值立场，而不去追究它背后的形而上学信仰。于是我看到，爱默生想要表达的是他对人性完美发展的可能性的期望和信心，他的哲学是一首洋溢着乐观主义精神的个性解放的赞美诗。

但爱默生的人道主义不是欧洲文艺复兴的单纯回声。他生活在十九世纪，和同时代少数几个伟大思想家一样，他也是揭露现代资本主义社会异化现象的先知先觉者。每个人都是一个宇宙，但在现实中却成了碎片。"社会是这样一种状态，每一个人都像是从身上锯下来的一段肢体，昂然地走来走去，许多怪物——一个好手指，一个颈项，一个胃，一个肘弯，但是从来不是一个人。"我想起了马克思在一八四四年的手稿中对人的异化的分析。我也想起了尼采的话："我的目光从今天望到过去，发现比比皆是：碎片、断肢和可怕的偶然——可是没有人！"他们的理论归宿当然截然不同，但都同样热烈怀抱着人性全面发展的理想。往往有这种情况：同一种激情驱使人们从事理论探索，结果却找到了不同的理论，甚至彼此成为思想上的敌人。但是，真的是敌人吗？

三

每个人都是一个宇宙，每个人的天性中都蕴藏着大自然赋予的创造力。把这个观点运用到读书上，爱默生提倡一种"创造性的阅读"。这就是：把自己的生活当作正文，把书籍当作注解；听别人发言是为了使自己能说话；以一颗活跃的灵魂，为获得灵感而读书。

几乎一切创造欲强烈的思想家都对书籍怀着本能的警惕。蒙田曾谈到"文殇"，即因读书过多而被文字之斧砍伤，丧失了创造力。叔本华把读书太滥譬作将自己的头脑变成别人思想的跑马场。爱默生也说："我宁愿从来没有看见过一本书，而不愿意被它的吸力扭曲过来，把我完全拉到我的轨道外面，使我成为一颗卫星，而不是一个宇宙。"

许多人热心地请教读书方法，可是如何读书其实是取决于整个人生态度的。开卷有益，也可能有害。过去的天才可以成为自己天宇上的繁星，也可以成为压抑自己的偶像。爱默生俏皮地写道："温顺的青年人在图书馆里长大，他们相信他们的责任是应当接受西塞罗、洛克、培根的意见；他们忘了西塞罗、洛克与培根写这些书的时候，也不过是图书馆里的青年人。"我要加上一句：幸好那时图书馆的藏书比现在少得多，否则他们也许成不了西塞罗、洛克、培根了。

好的书籍是朋友，但也仅仅是朋友。与好友会晤是快事，但必须自己有话可说，才能真正快乐。一个愚钝的人，再智慧的朋友对他也是毫无用处的，他坐在一群才华横溢的朋友中间，不过是一具木偶，一个讽刺，一种折磨。每人都是一个神，然后才有奥林匹斯神界的欢聚。

我们读一本书，读到精彩处，往往情不自禁地要喊出声来：这是我的思想，这正是我想说的，被他偷去了！有时候真是难以分清，哪是作者的本意，哪是自己的混入和添加。沉睡的感受唤醒了，失落的记忆找回了，朦胧的思绪清晰了。其余一切，只是死的"知识"，也就是说，只是外在于灵魂有机生长过程的无机物。

我曾经计算过，尽我有生之年，每天读一本书，连我自己的藏书也读不完。何况还不断购进新书，何况还有图书馆里难计其数的书。这真有点令人绝望。可是，写作冲动一上来，这一切全忘了。爱默生说得漂亮："当一个人能够直接阅读上帝的时候，那时间太宝贵了，不能够浪费在别人阅读后的抄本上。"只要自己有旺盛的创作欲，无暇读别人写的书也许是一种幸运呢。

四

有两种自信：一种是人格上的独立自主，藐视世俗的舆论和功利；一种是理智上的狂妄自大，永远自以为是，自我感觉好极了。我赞赏前一种自信，对后一种自信则总是报以几分不信任。

人在世上，总要有所依托，否则会空虚无聊。有两样东西似乎是公认的人生支柱，在讲究实际的人那里叫职业和家庭，在注重精神的人那里叫事业和爱情。食色性也，职业和家庭是社会认可的满足人的两大欲望的手段，当然不能说它们庸俗。然而，职业可能不称心，家庭可能不美满，欲望是满足了，但付出了无穷烦恼的代价。至于事业的成功和爱情的幸福，尽管令人向往之至，却更是没有把握的事情。而且，有些精神太敏感的人，即使得到了这两样东西，还是不能摆脱空虚之感。

所以，人必须有人格上的独立自主。你诚然不能脱离社会和他人生活，但你不能一味攀援在社会建筑物和他人身上。你要自己在生命的土壤中扎根。你要在人生的大海上抛下自己的锚。一个人如果把自己仅仅依附于身外的事物，即使是极其美好的事物，顺利时也许看不出他的内在空虚，缺乏根基，一旦起了风浪，例如社会动乱，事业挫折，亲人亡故，失恋，等等，就会一蹶不振乃至精神崩溃。正如爱默生所说："然而事实是：他早已是一只漂流着的破船，后来起的这一阵风不过向他自己暴露出他流浪的状态。"爱默生写有长文热情歌颂爱情的魅力，但我更喜欢他的这首诗：

为爱牺牲一切，

服从你的心；

朋友，亲戚，时日，

名誉，财产，

计划，信用与灵感，

什么都能放弃。

为爱离弃一切；

然而，你听我说……

你须要保留今天，

明天，你整个的未来，

让它们绝对自由，

不要被你的爱人占领。

如果你心爱的姑娘另有所欢，你还她自由。

你应当知道

半人半神走了，

神就来了。

　　世事的无常使得古来许多贤哲主张退隐自守，清静无为，无动于衷。我厌恶这种哲学。我喜欢看见人们生气勃勃地创办事业，如痴如醉地堕入情网，痛快淋漓地享受生命。但是，不要忘记了最主要的事情：你仍然属于你自己。每个人都是一个宇宙，每个人都应该有一个自足的精神世界。这是一个安全的场所，其中珍藏着你最珍贵的宝物，任何灾祸都不能侵犯它。心灵是一本奇特的账簿，只有收入，没有支出，人生的一切痛苦和欢乐，都化作宝贵的体验记入它的收入栏中。是的，连痛苦也是一种收入。人仿佛有了两个自我，一个自我到世界上去奋斗，去追求，也许凯旋，也许败归；另一个自我便含着宁静的微笑，把这遍体汗水和血迹的哭着笑着的自我迎回家来，把丰厚的战利品指给他看，连败归者也有一份。

爱默生赞赏儿童身上那种不怕没得饭吃、说话做事从不半点随人的王公贵人派头。一到成年，人就注重别人的观感，得失之患多了。我想，一个人在精神上真正成熟之后，又会返璞归真，如获一颗自足的童心。他消化了社会的成规习见，把它们扬弃了。

五

还有一点余兴，也一并写下。有句成语叫大智若愚。人类精神的这种逆反形式很值得研究一番。我还可以举出大善若恶，大悲若喜，大信若疑，大严肃若轻浮。在爱默生的书里，我也找到了若干印证。

悲剧是深刻的，领悟悲剧也须有深刻的心灵。"性情浅薄的人遇到不幸，他的感情仅只是演说式的做作。"然而这不是悲剧。人生的险难关头最能检验一个人的灵魂深浅。有的人一生接连遭到不幸，却未尝体验过真正的悲剧情感。相反，表面上一帆风顺的人也可能经历巨大的内心悲剧。一切高贵的情感都羞于表白，一切深刻的体验都拙于言辞。大悲者会以笑谑嘲弄命运，以欢容掩饰哀伤。丑角也许比英雄更知人生的辛酸。爱默生举了一个例子：正当喜剧演员卡里尼使整个那不勒斯城的人都笑断肚肠的时候，有一个病人去找城里的一个医生，治疗他致命的忧郁症。医生劝他到戏院去看卡里尼的演出，他回答："我就是卡里尼。"

与此相类似，最高的严肃往往貌似玩世不恭。古希腊人就已经明白这个道理。爱默生引用普鲁塔克的话说："研究哲理而外表不像研究哲理，在嬉笑中做成别人严肃认真地做的事，这是最高的智慧。"正经不是严肃，就像教条不是真理一样。真理用不着板起面孔来增添它的权威。在那些一本正经的人中间，你几乎找不到一个严肃思考过人生的人。不，他们思考的多半不是人生，而是权力，不是真理，而是利益。真正严肃思考过人生的人知道生命和理性的限度，他能自嘲，肯宽容，愿意用一个玩笑替受窘的对手解围，给正经的论敌一个教训。他以诙谐的口吻谈说真理，仿佛故意要减弱他的发现的重要性，以便只让它进入真正知音的耳朵。

尤其是在信仰崩溃的时代，那些佯癫装疯的狂人，倒是一些太严肃地对待其信仰的人。鲁迅深知此中之理，说嵇康、阮籍表面上毁坏礼教，实则倒是太相信礼教，因为不满意当权者利用和亵渎礼教，才以反礼教的过激行为发泄内心愤懑。其实，在任何信仰体制之下，多数人并非真有信仰，只是做出相信的样子罢了。于是过分认真的人就起而论究是非，阐释信仰之真谛，结果被视为异端。一部基督教史就是没有信仰的人以维护信仰之名把有信仰的人当作邪教徒烧死的历史。殉道者多半死于同志之手而非敌人之手。所以，爱默生说，伟大的有信仰的人永远被视为异教徒，终于被迫以一连串的怀疑论来表现他的信念。怀疑论实在是过于认真看待信仰或知识的结果。苏格拉底为了弄明智慧的实质，遍访雅典城里号称有智慧的人，结果发现他们只是在那里盲目自信，其实并无智慧。他到头来认为自己仍然不知智慧为何物，说出了那句著名的话："我知道我一无所知。"哲学史上的怀疑论者大抵都是太认真地要追究人类认识的可靠性，结果反而疑团丛生。

1987.6

名师赏析

爱默生是名垂史册的文艺复兴的领袖和杰出的散文大师，这篇文章，周国平先生却是把他当作哲学家来写的，而且还是一个一般哲学史不屑记载的哲学家。虽然爱默生的哲学进不了所谓的"正史"，但不妨碍周先生喜欢他，向往他。"超验主义死了，但爱默生的智慧永存。"爱默生的智慧表达着对人性完美发展的期望与信心，洋溢着个性解放的乐观主义精神。

"每个人都是一个宇宙，每个人的天性中都蕴藏着大自然赋予的创造力。"文章从爱默生的"创造性阅读"谈到人格上的独立自主，告诉我们，在痛快淋漓地享受生命的同时，不要忘记"你仍然属于你自己"，你拥有自己的浩瀚星系，自己的漫天繁星。

人与书之间

弄了一阵子尼采研究，不免常常有人问我："尼采对你的影响很大吧？"有一回我忍不住答道："互相影响嘛，我对尼采的影响更大。"其实，任何有效的阅读不仅是吸收和接受，同时也是投入和创造。这就的确存在人与他所读的书之间相互影响的问题。我眼中的尼采形象掺入了我自己的体验，这些体验在我接触尼采著作以前就已产生了。

近些年来，我在哲学上的努力似乎有了一个明确的方向，就是要突破学院化、概念化状态，使哲学关心人生根本，把哲学和诗沟通起来。尼采研究无非为我的追求提供了一种方便的学术表达方式而已。当然，我不否认，阅读尼采著作使我的一些想法更清晰了，但同时起作用的还有我的气质、性格、经历等因素，其中包括我过去的读书经历。

有的书改变了世界历史，有的书改变了个人命运。回想起来，书在我的生活中并无此类戏剧性效果，它们的作用是日积月累的。我说不出对我影响最大的书是什么，也不太相信形形色色的"世界之最"。我只能说，有一些书，它们在不同方面引起了我的强烈共鸣，在我的心灵历程中留下了痕迹。

中学毕业时，我报考北大哲学系，当时在我就学的上海中学算爆了个冷门，因为该校素有重理轻文传统，全班独我一人报考文科，而我一直是班里数学课代表，理科底子并不差。同学和老师差不多用一种怜悯的眼光看我，惋惜我误入了歧途。我不以为然，心想我反正不能一辈子生活在与人生无关的某个专业小角落里。怀着囊括人类全部知识的可笑的贪欲，我选择哲学这门"凌驾于一切科学的科学"，这门不是专业的专业。

然而，哲学系并不如我想象的那般有意思，刻板枯燥的哲学课程很快就使我厌烦了。我成了最不用功的学生之一，"不务正业"，耽于课外书的阅读。上课时，课桌上摆着艾思奇编的教科书，课桌下却是托尔斯泰、陀思妥耶夫斯基、屠格涅夫、易卜生等等，读得入迷。老师课堂提问点到我，我站起来问他有什么事，引得同学们哄堂大笑。说来惭愧，读了几年哲学系，哲学书没读几本，读得多的却是小说和诗。我还醉心于写诗，写日记，积累感受。现在看来，当年我在文学方面的这些阅读和习作并非徒劳，它们使我的精神趋向发生了一个大转变，不再以知识为最高目标，而是更加珍视生活本身，珍视人生的体悟。这一点认识，对于我后来的哲学追求是重要的。

我上北大正值青春期，一个人在青春期读些什么书可不是件小事，书籍、友谊、自然环境三者构成了心灵发育的特殊氛围，其影响毕生不可磨灭。幸运的是，我在这三方面遭遇俱佳，卓越的外国文学名著、才华横溢的挚友和优美的燕园风光陪伴着我，启迪了我的求真爱美之心，使我愈发厌弃空洞丑陋的哲学教条。如果说我学了这么多年哲学而仍未被哲学败坏，则应当感谢文学。

我在哲学上的趣味大约是受文学熏陶而形成的。文学与人生有不解之缘，看重人的命运、个性和主观心境，我就在哲学中寻找类似的东西。最早使我领悟哲学之真谛的书是古希腊哲学家的一本著作残篇集，赫拉克利特的"我寻找过自己"，普罗塔哥拉的"人是万物的尺度"，苏格拉底的"未经思索的人生不值得一过"，犹如抽象概念迷雾中耸立的三座灯塔，照亮了久被遮蔽的哲学古老航道。我还偏爱具有怀疑论倾向的哲学家，例如笛卡尔、休谟，因为他们教我对一切貌似客观的绝对真理体系怀着戒心。可惜的是，哲学家们在批判早于自己的哲学体系时往往充满怀疑精神，一旦构筑自己的体系却又容易陷入独断论。相比之下，文学艺术作品就更能保持多义性、不确定性、开放性，并不孜孜于给宇宙和人生之谜一个终极答案。

　　长期的文化禁锢使得我这个哲学系学生竟也无缘读到尼采或其他现代西方人的著作。上学时，只偶尔翻看过萧赣译的《查拉图斯特拉如是说》，因为是用文言翻译，译文艰涩，未留下深刻印象。直到大学毕业以后很久，才有机会系统阅读尼采的作品。我的确感觉到一种发现的喜悦，因为我对人生的思考、对诗的爱好以及对学院哲学的怀疑都在其中找到了呼应。一时兴发，我搞起了尼采作品的翻译和研究，而今已三年有余。现在，我正准备同尼采告别。

　　读书犹如交友，再情投意合的朋友，在一块处得太久也会腻味的。书是人生的益友，但也仅止于此，人生的路还得自己走。在这路途上，人与书之间会有邂逅，离散，重逢，诀别，眷恋，反目，共鸣，误解，其关系之微妙，不亚于人与人之间，给人生添上了如许情趣。也许有的人对一本书或一位作家一见倾心，爱之弥笃，乃至白头偕老。我在读书上却没有如此坚贞专一的爱情。倘若临终时刻到来，我相信使我含恨难舍的不仅有亲朋好友，还一定有若干册知己好书。但尽管如此，我仍不愿同我所喜爱的任何一本书或一位作家厮守太久，受染太深，丧失了我自己对书对人的影响力。

1988.5

名师赏析

书在我们生活中的作用是日积月累的，有一些书，能在不同方面因引起我们的强烈共鸣，而在我们的心灵历程中留下痕迹。文章中提到阅读能使得一些想法更清晰，同时起作用的还有气质、性格、经历等因素，其中包括过去的读书经历。

周国平先生追忆自己在北大读哲学却醉心于文学阅读的相关经历，意在表明这些并非徒劳，它们对其后来的哲学追求是重要的，甚至可以说，其哲学上的趣味大约也是受文学熏陶而形成的。读书犹如交友，交友讲究志同道合，也讲究保持距离，读书也是如此，读书不必受染太深，不可丧失了自己对书对人的影响力。这种影响，既可以是吸收和接受，也可以是投入和创造。当我们读书不再以知识为最高目标，而是更加珍视生活，珍视人生的体悟，一定会读有所获。

在义与利之外

"君子喻以义，小人喻以利。"中国人的人生哲学总是围绕着义利二字打转。可是，假如我既不是君子，也不是小人呢？

曾经有过一个人皆君子、言必称义的时代，当时或许有过大义灭利的真君子，但更常见的是假义之名逐利的伪君子和轻信义的旗号的迂君子。那个时代过去了。曾几何时，世风剧变，义的信誉一落千丈，真君子销声匿迹，伪君子真相毕露，迂君子豁然开窍，都一窝蜂奔利而去。据说观念更新，义利之辩有了新解，原来利并非小人的专利，倒是做人的天经地义。

"时间就是金钱！"这是当今的一句时髦口号。企业家以之鞭策生产，本无可非议。但世人把它奉为指导人生的座右铭，用商业精神取代人生智慧，结果就使自己的人生成了一种企业，使人际关系成了一个市场。

我曾经嘲笑廉价的人情味，如今，连人情味也变得昂贵而罕见了。试问，不花钱你可能买到一个微笑，一句问候，一丁点儿恻隐之心？

不过，无须怀旧。想靠形形色色的义的说教来匡正时弊，拯救世风人心，事实上无济于事。在义利之外，还有别样的人生态度。在君子小人之外，还有别样的人格。套孔子的句式，不妨说："至人喻以情。"

义和利，貌似相反，实则相通。"义"要求人献身抽象的社会实体，"利"驱使人投身世俗的物质利益，两者都无视人的心灵生活，遮蔽了人的真正的"自我"。"义"教人奉献，"利"诱人占有，前者把人生变成一次义务的履行，后者把人生变成一场权利的争夺，殊不知人生的真价值是超乎义务和权利之外的。义和利都脱不开计较，所以，无论义师讨伐叛臣，还是利欲支配众生，人与人之间的关系总是紧张。

如果说"义"代表一种伦理的人生态度，"利"代表一种功利的人生态度，那么，我所说的"情"便代表一种审美的人生态度。它主张率性而行，适情而止，每个人都保持自己的真性情。你不是你所信奉的教义，也不是你所占有的物品，你之为你仅在于你的真实"自我"。生命的意义不在奉献或占有，而在创造，创造就是人的真性情的积极展开，是人在实现其本质力量时所获得的情感上的满足。创造不同于奉献，奉献只是完成外在的责任，创造却是实现真实的"自我"。至于创造和占有，其差别更是一目了然，譬如写作，占有注重的是作品所带来的名利地位，创造注重的只是创作本身的快乐。有真性情的人，与人相处唯求情感的沟通，与物相处独钟情趣的品味。更为可贵的是，在世人匆忙逐利又为利所逐的时代，他待人接物有一种闲适之情。我不是指中国士大夫式的闲情逸致，也不是指小农式的知足保守，而是指一种不为利驱、不为物役的淡泊的生活情怀。仍以写作为例，我想不通，一个人何必要著作等身呢？倘想流芳千古，一首不朽的小诗足矣。倘无此奢求，则只要活得自在即可，写作也不过是这活得自在的一种方式罢了。

王尔德说："人生只有两种悲剧，一是没有得到想要的东西，另一是得到了想要的东西。"我曾经深以为然，并且佩服他把人生的可悲境遇表述得如此轻松俏皮。但仔细玩味，发现这话的立足点仍是占有，所以才会有占有欲未得满足的痛苦和已得满足的无聊这双重悲剧。如果把立足点移到创造上，以审美的眼光看人生，我们岂不可以反其意而说：人生中有两种快乐，一是没有得到想要的东西，于是你可以去寻求和创造；另一是得到了想要的东西，于是你可以去品味和体验？当然，人生总有其不可消除的痛苦，而重情轻利的人所体味到的辛酸悲哀，更为逐利之辈所梦想不到。但是，摆脱了占有欲，至少可以使人免除许多琐屑的烦恼和渺小的痛苦，活得有器度些。我无意以审美之情为救世良策，而只是表达了一个信念：在义与利之外，还有一种更值得一过的人生。这个信念将支撑我度过未来吉凶难卜的岁月。

1988.8

 **名师赏析**

《论语·里仁》曰："君子喻以义，小人喻以利"，即君子讲"义"，小人逐"利"。周国平先生则提出："至人喻以情"。"情"代表的是一种审美的人生态度。的确，随着时代的更迭和观念的更新，讲"义"还是讲"利"跟君子和小人已然

没什么必然联系。在义与利之外，还有别样的人生态度。在君子小人之外，还有别样的人格。"义"教人奉献，"利"诱人占有，而"情"则是主张率性而为，适情而止，每个人都保持自己的真性情，去寻求和创造，去品味和体验。生命的意义不在奉献或占有，而在创造，创造就是实现真实的"自我"。如果把立足点移到创造上，以审美的眼光看人生，人生会有更多的乐趣。在义与利之外，还有一种更值得一过的人生，不为利所驱，不为物所役，淡泊闲适，方可活得自在。

今天我活着

——《今天我活着》序

我相信我是一个勤于思考人生的人，其证据是，迄今为止，除了思考人生，我几乎别无作为。然而，当我检点思考的结果时，却发现我弄明白的似乎只有这一个简单的事实——

今天我活着。

真的明白吗？假如有一位苏格拉底把我拉住，追根究底地考问我什么是今天，我是谁，活着又是怎么回事，我一定会被问住的。这个短语纠缠着三个古老的哲学难题：时间，自我，生与死。对于其中每一个，哲学家们讨论了几千年，至今仍是众说纷纭。

我只能说：我也尽我所能地思考过了。

我只能说：无论我的思考多么不明晰，今天我活着却是一个明晰的事实。

我认清这个事实并不容易。因为对明天我将死去思考得太久，我一度忽略了今天我还活着。不过，也正因为对明天我将死去思考得太久，我才终于懂得了今天我该如何活着。

今天我活着，而明天我将死去——所以，我要执著生命，爱护自我，珍惜今天，度一个浓烈的人生。

今天我活着，而明天我将死去——所以，我要超脱生命，参破自我，宽容今天，度一个恬淡的人生。

当我说"今天我活着"时，意味着我有了一种精神准备，即使明天死也不该觉得意外，而这反而使我获得了一种从容的心情，可以像永远不死那样过好今天。

无论如何，活着是美好的，能够说"今天我活着"这句话是幸福的。

收在这本集子里的文章便记录了我对人生境况的思考和活着的感觉。

1992.6

 **名师赏析**

今天我活着。当每天早上睁开眼睛，我们会明白这样一个简单的事实。但这个事实真的简单吗？周国平先生在这篇文章里，清楚地表达了他的思考，对这个人生问题拓展出特别的哲学视野，让我们懂得了今天我该如何活着，才使得今天有意义。今天我活着，或许明天我可能离去。那我们每个人都要珍惜今天，爱护自己，热爱生命，让自己拥有灿烂的人生。或者，心胸豁达，淡泊名利，爱惜身边人，向往自然美好。

罗素说："我觉得我活着值得，如果有机会的话，我还乐意再活一次。"读了这篇文章，你可能会与周先生产生共鸣，原来这真是简单的事实：无论如何，活着是美好的，能够说"今天我活着"这句话是幸福的！

等的滋味

　　人生有许多时光是在等中度过的。有千百种等，等有千百种滋味。等的滋味，最是一言难尽。

　　不过，我不喜欢一切等。无论所等的是好事，坏事，好坏未卜之事，不好不坏之事，等总是无可奈何的。等的时候，一颗心悬着，这滋味不好受。

　　就算等的是幸福吧，等本身却说不上幸福。想象中的幸福愈诱人，等的时光愈难挨。例如，"月上柳梢头，人约黄昏后"自是一件美事，可是，性急的情人大约都像《西厢记》里那一对儿，"自从那日初时，想月华，捱一刻似一夏。"只恨柳梢日轮下得迟，月影上得慢。第一次幽会，张生等莺莺，忽而倚门翘望，忽而卧床哀叹，心中无端猜度佳人来也不来，一会儿怨，一会儿谅，那副神不守舍的模样委实惨不忍睹。我相信莺莺就不至于这么惨。幽会前等的一方要比赴的一方更受煎熬，就像惜别后留的一方要比走的一方更觉凄凉一样。那赴的走的多少是主动的，这等的留的却完全是被动的。赴的未到，等的人面对的是静止的时间。走的去了，留的人面对的是空虚的空间。等的可怕，在于等的人对于所等的事完全不能支配，对于其他的事又完全没有心思，因而被迫处在无所事事的状态。有所期待使人兴奋，无所事事又使人无聊，等便是混合了兴奋和无聊的一种心境。随着等的时间延长，兴奋转成疲劳，无聊的心境就会占据优势。如果佳人始终不来，才子只要不是愁得竟吊死在那棵柳树上，恐怕就只有在月下伸懒腰打呵欠的份了。

人等好事嫌姗姗来迟，等坏事同样也缺乏耐心。没有谁愿意等坏事，坏事而要等，是因为在劫难逃，实出于不得已。不过，既然在劫难逃，一般人的心理便是宁肯早点了结，不愿无谓拖延。假如我们所爱的一位亲人患了必死之症，我们当然惧怕那结局的到来。可是，再大的恐惧也不能消除久等的无聊。在《战争与和平》中，娜塔莎一边守护着弥留之际的安德烈，一边在编一只袜子。她爱安德烈胜于世上的一切，但她仍然不能除了等心上人死之外什么事也不做。一个人在等自己的死时会不会无聊呢？这大约首先要看有无足够的精力。比较恰当的例子是死刑犯，我揣摩他们只要离刑期还有一段日子，就不可能一门心思只想着那颗致命的子弹。恐惧如同一切强烈的情绪一样难以持久，久了会麻痹，会出现间歇。一旦试图做点什么事填充这间歇，阵痛般发作的恐惧又会起来破坏任何积极的念头。一事不做地坐等一个注定的灾难发生，这种等实在荒谬，与之相比，灾难本身反倒显得比较好忍受一些了。

无论等好事还是等坏事，所等的那个结果是明确的。如果所等的结果对于我们关系重大，但吉凶未卜，则又别是一番滋味在心头。这时我们宛如等候判决，心中焦虑不安。焦虑实际上是由彼此对立的情绪纠结而成，其中既有对好结果的盼望，又有对坏结果的忧惧。一颗心不仅悬在半空，而且七上八下，大受颠簸之苦。说来可怜，我们自幼及长，从做学生时的大小考试，到毕业后的就业、定级、升迁、出洋等等，一生中不知要过多少关口，等候判决的滋味真没有少尝。当然，一个人如果有足够的悟性，就迟早会看淡浮世功名，不再把自己放在这个等候判决的位置上。但是，若非修炼到类似涅槃的境界，恐怕就总有一些事情的结局是我们不能无动于衷的。此刻某机关正在研究给不给我加薪，我可以一哂置之。此刻某医院正在给我的妻子动剖腹产手术，我还能这么豁达吗？到产科手术室门外去看看等候在那里的丈夫们的冷峻脸色，我们就知道等候命运判决是多么令人心焦的经历了。在人生的道路上，我们难免会走到某几扇陌生的门前等候开启，那心情便接近于等在产科手术室门前的丈夫们的心情。

不过，我们一生中最经常等候的地方不是门前，而是窗前。那是一些非常窄小的小窗口，有形的或无形的，分布于商店、银行、车站、医院等与生计有关的场所，以及办理种种烦琐手续的机关衙门。我们为了生存，不得不耐着性子，排着队，缓慢地向它们挪动，然后屈辱地侧转头颅，以便能够把我们的视线、手和手中的钞票或申请递进那个窄洞里，又摸索着取出我们所需要的票据文件等等。这类小窗口常常无缘无故关闭，好在我们的忍耐力磨练得非常发达，已经习惯于默默地无止境地等待了。

等在命运之门前面，等的是生死存亡，其心情是焦虑，但不乏悲壮感。等在生计之窗前面，等的是柴米油盐，其心情是烦躁，掺和着屈辱感。前一种等，因为结局事关重大，不易感到无聊。然而，如果我们的悟性足以平息焦虑，那么，在超脱中会体味一种看破人生的大无聊。后一种等，因为对象平凡琐碎，极易感到无聊，但往往是一种习以为常的小无聊。

说起等的无聊，恐怕没有比逆旅中的迫不得已的羁留更甚的了。所谓旅人之愁，除离愁、乡愁外，更多的成分是百无聊赖的闲愁。譬如，由于交通中断，不期然被耽搁在旅途某个荒村野店，通车无期，举目无亲，此情此境中的烦闷真是难以形容。但是，若把人生比作逆旅，我们便会发现，途中耽搁实在是人生的寻常遭际。我们向理想生活进发，因了种种必然的限制和偶然的变故，或早或迟在途中某一个点上停了下来。我们相信这是暂时的，总在等着重新上路，希望有一天能过自己真正想过的生活，殊不料就在这个点上永远停住了。有些人渐渐变得实际，心安理得地在这个点上安排自己的生活。有些人仍然等啊等，岁月无情，到头来悲叹自己被耽误了一辈子。

那么，倘若生活中没有等，又怎么样呢？在说了等这么多坏话之后，我忽然想起等的种种好处，不禁为我的忘恩负义汗颜。

我曾经在一个农场生活了一年半。那是湖中的一个孤岛，四周只见茫茫湖水，不见人烟。我们在岛上种水稻，过着极其单调的生活。使我终于忍受住这单调生活的正是等——等信。每天我是怀着怎样殷切的心情等送信人到来的时刻呵，我仿佛就是为这个时刻活着的，尽管等常常落空，但是等本身就为一天的生活提供了色彩和意义。

我曾经在一间地下室里住了好几年。日复一日，只有我一个人。当我伏案读书写作的时候，我不由自主地在等——等敲门声。我期待我的同类访问我，这期待使我感到我还生活在人间，地面上的阳光也有我一份。我不怕读书写作被打断，因为无需来访者，极度的寂寞早已把它们打断一次又一次了。

不管等多么需要耐心，人生中还是有许多值得等的事情的：等冬夜里情人由远及近的脚步声，等载着久别好友的列车缓缓进站，等第一个孩子出生，等孩子咿呀学语偶然喊出一声爸爸后再喊第二第三声，等第一部作品发表，等作品发表后读者的反响和共鸣……

可以没有爱情，但如果没有对爱情的憧憬，哪里还有青春？可以没有理解，但如果没有对理解的期待，哪里还有创造？可以没有所等的一切，但如果没有等，哪里还有人生？活着总得等待什么，哪怕是等待戈多。有人问贝克特，戈多究竟代表什么，他回答道："我要是知道，早在剧中说出来了。"事实上，我们一生都在等待自己也不知道的什么，生活就在这等待中展开并且获得了理由。等的滋味不免无聊，然而，一无所等的生活更加无聊。不，一无所等是不可能的。即使在一无所等的时候，我们还是在等，等那个有所等的时刻到来。一个人到了连这样的等也没有的地步，就非自杀不可。所以，始终不出场的戈多先生实在是人生舞台的主角，没有他，人生这场戏是演不下去的。

人生唯一有把握不会落空的等是等那必然到来的死。但是，人人都似乎忘了这一点而在等着别的什么，甚至死到临头仍执迷不悟。我对这种情形感到悲哀又感到满意。

1991.1

名师赏析

你的人生中有过等的时刻吗？你所经历的等是何种滋味呢？

周国平先生在《等的滋味》开篇就简洁而深刻地向我们阐明：人生有许多时光是在等中度过的。等的滋味最是一言难尽。对这种难言的情感，作者用七个事例将生活中种种等待时的无聊和闲愁心境展现得淋漓尽致。但如果生活中没有了等又会怎样呢？作者笔锋一转，用自己在农场和地下室的生活经历启示我们："等的滋味不免无聊，然而，一无所等的生活更加无聊。""不管等多么需要耐心，人生中还是有许多值得等的事情。"文章的最后，作者满含深意地写道：事实上，生活就在这等待中展开并且获得了理由……

这是一篇既有生活趣味，又充满深刻哲理韵味的散文，值得细细品读。

孔子的洒脱

我喜欢读闲书，即使是正经书，也不妨当闲书读。譬如说《论语》，林语堂把它当作孔子的闲谈读，读出了许多幽默，这种读法就很对我的胃口。近来我也闲翻这部圣人之言，发现孔子乃是一个相当洒脱的人。

在我的印象中，儒家文化一重事功，二重人伦，是一种很入世的文化。然而，作为儒家始祖的孔子，其实对于功利的态度颇为淡泊，对于伦理的态度又颇为灵活。这两个方面，可以用两句话来代表，便是"君子不器"和"君子不仁"。

孔子是一个读书人。一般读书人寒窗苦读，心中都悬着一个目标，就是有朝一日成器，即成为某方面的专家，好在社会上混一个稳定的职业。说一个人不成器，就等于说他没出息，这是很忌讳的。孔子却坦然说，一个真正的人本来就是不成器的。也确实有人讥他博学而无所专长，他听了自嘲说，那么我就以赶马车为专长吧。

其实，孔子对于读书有他自己的看法。他主张读书要从兴趣出发，不赞成为求知而求知的纯学术态度（"知之者不如好之者，好之者不如乐之者"）。他还主张读书是为了完善自己，鄙夷那种沽名钓誉的庸俗文人（"古之学者为己，今之学者为人"）。他一再强调，一个人重要的是要有真才实学，而无须在乎外在的名声和遭遇，类似于"不患莫己知，求为可知也"这样的话，《论语》中至少重复了四次。

"君子不器"这句话不仅说出了孔子的治学观，也说出了他的人生观。有一回，孔子和他的四个学生聊天，让他们谈谈自己的志向。其中三人分别表示想做军事家、经济家和外交家。唯有曾点说，他的理想是暮春三月，轻装出发，约了若干大小朋友，到河里游泳，在林下乘凉，一路唱歌回来。孔子听罢，喟然叹曰："我和曾点想的一样。"圣人的这一叹，活泼泼地叹出了他的未染的性灵，使得两千年后一位最重性灵的文论家大受感动，竟改名"圣叹"，以志纪念。人生在世，何必成个什么器，做个什么家呢，只要活得悠闲自在，岂非胜似一切？

学界大抵认为"仁"是孔子思想的核心，至于什么是"仁"，众说不一，但都不出伦理道德的范围。孔子重人伦是一个事实，不过他到底是一个聪明人，而一个人只要足够聪明，就决不会看不透一切伦理规范的相对性质。所以，"君子而不仁者有矣夫"这句话竟出自孔子之口，他不把"仁"看作理想人格的必备条件，也就不足怪了。有人把仁归结为忠恕二字，其实孔子决不主张愚忠和滥恕。他总是区别对待"邦有道"和"邦无道"两种情况，"邦无道"之时，能逃就逃（"乘桴浮于海"），逃不了则少说话为好（"言孙"），会装傻更妙（"愚不可及"这个成语出自《论语》，其本义不是形容愚蠢透顶，而是孔子夸奖某人装傻装得高明极顶的话，相当于郑板桥说的"难得糊涂"）。他也不像基督那样，当你的左脸挨打时，要你把右脸也送上去。有人问他该不该"以德报怨"，他反问：那么用什么来报德呢？然后说，应该是用公正回报怨仇，用恩德回报恩德。

孔子实在是一个非常通情达理的人，他有常识，知分寸，丝毫没有偏执狂。"信"是他亲自规定的"仁"的内涵之一，然而他明明说："言必信，行必果"，乃是僵化小人的行径（"径径然小人哉"）。要害是那两个"必"字，毫无变通的余地，把这位老先生惹火了。他还反对遇事过分谨慎。我们常说"三思而后行"，这句话也出自《论语》，只是孔子并不赞成，他说再思就可以了。

也许孔子还有不洒脱的地方，我举的只是一面。有这一面毕竟是令人高兴的，它使我可以放心承认孔子是一位够格的哲学家了，因为哲学家就是有智慧的人，而有智慧的人怎么会一点不洒脱呢？

1991.8

名师赏析

孔子，中国古代伟大的思想家、政治家、教育家，儒家学派创始人、"大成至圣先师"。谈论这样伟大的人物，需要深厚的学养，否则，要么拾人牙慧，要么贻笑大方。不得不佩服，周国平先生的眼光非常特别，能见人之所不见，知人之所不知。

在我们的认知中，儒家文化重事功。但周国平先生却指出，孔子主张读书只是为了完善自己，不必成器。由此可见，孔子追求的是心灵的满足，而非外界的虚名浮利。这样的发现，对于今天的读书人，该是多么振聋发聩。

所谓重人伦，孔子也并不迂腐，他绝不主张愚忠和滥恕，而且还要区别对待"邦有道"和"邦无道"这两种情况，将孔子有常识，知分寸，毫不偏执，通情达理的一面淋漓尽致地展现了出来。

洒脱的孔子不忘初心，不忘本真，才能做到洒脱飘逸，周国平先生又何尝不是如此呢？这篇文章，对于我们审视当下的自我，可谓金玉良言。

人生贵在行胸臆

一

读袁中郎全集，感到清风徐徐扑面，精神阵阵爽快。

明末的这位大才子一度做吴县县令，上任伊始，致书朋友们道："吴中得若令也，五湖有长，洞庭有君，酒有主人，茶有知己，生公说法石有长老。"开卷读到这等潇洒不俗之言，我再舍不得放下了，相信这个人必定还会说出许多妙语。

我的期望没有落空。

请看这一段："天下有大败兴事三，而破国亡家不与焉。山水朋友不相凑，一败兴也。朋友忙，相聚不久，二败兴也。游非及时，或花落山枯，三败兴也。"

真是非常的飘逸。中郎一生最爱山水，最爱朋友，难怪他写得最好的是游记和书信。

不过，倘若你以为他只是个耽玩的倜傥书生，未免小看了他。《明史》记载，他在吴县任上"听断敏决，公庭鲜事"，遂整日"与士大夫谈说诗文，以风雅自命"。可见极其能干，游刃有余。但他是真个风雅，天性耐不得官场俗务，终于辞职。后来几度起官，也都以谢病归告终。

在明末文坛上，中郎和他的两位兄弟是开一代新风的人物。他们的风格，用他评其弟小修诗的话说，便是"独抒性灵，不拘格套，非从自己胸臆流出，不肯下笔"。其实，这话不但说出了中郎的文学主张，也说出了他的人生态度。他要依照自己的真性情生活，活出自己的本色来。他的潇洒绝非表面风流，而是他的内在性灵的自然流露。性者个性，灵者灵气，他实在是个极有个性极有灵气的人。

二

每个人一生中，都曾经有过一个依照真性情生活的年代，那便是童年。孩子是天真烂漫，不肯拘束自己的。他活着整个儿就是在享受生命，世俗的利害和规矩暂时还都不在他眼里。随着年龄增长，染世渐深，俗虑和束缚愈来愈多，原本纯真的孩子才被改造成了俗物。

那么，能否逃脱这个命运呢？很难，因为人的天性是脆弱的，环境的力量是巨大的。随着童年的消逝，倘若没有一种成年人的智慧及时来补救，几乎不可避免地会失掉童心。所谓大人先生者不失赤子之心，正说明智慧是童心的守护神。凡童心不灭的人，必定对人生有着相当的彻悟。

所谓彻悟，就是要把生死的道理想明白。名利场上那班人不但没有想明白，只怕连想也不肯想。袁中郎责问得好："天下皆知生死，然未有一人信生之必死者……趋名骛利，唯曰不足，头白面焦，如虑铜铁之不坚，信有死者，当如是耶？"名利的追求是无止境的，官做大了还想更大，钱赚多了还想更多。"未得则前涂为究竟，涂之前又有涂焉，可终究欤？已得则即景为寄寓，寓之中无非寓焉，故终身驰逐而已矣。"在这终身的驰逐中，不再有工夫做自己真正感兴趣的事，接着连属于自己的真兴趣也没有了，那颗以享受生命为最大快乐的童心就这样丢失得无影无踪了。

事情是明摆着的：一个人如果真正想明白了生之必死的道理，他就不会如此看重和孜孜追逐那些到头来一场空的虚名浮利了。他会觉得，把有限的生命耗费在这些事情上，牺牲了对生命本身的享受，实在是很愚蠢的。人生有许多出于自然的享受，例如爱情、友谊、欣赏大自然、艺术创造等等，其快乐远非虚名浮利可比，而享受它们也并不需要太多的物质条件。在明白了这些道理以后，他就会和世俗的竞争拉开距离，借此为保存他的真性情赢得了适当的空间。而一个人只要依照真性情生活，就自然会努力去享受生命本身的种种快乐。用中郎的话说，这叫作："退得一步，即为稳实，多少受用。"

当然，一个人彻悟了生死的道理，也可能会走向消极悲观。不过，如果他是一个热爱生命的人，这一前途即可避免。他反而会获得一种认识：生命的密度要比生命的长度更值得追求。从终极的眼光看，寿命是无稽的，无论长寿短寿，死后都归于虚无。不止如此，即使用活着时的眼光作比较，寿命也无甚意义。中郎说："试令一老人与少年并立，问彼少年，尔所少之寿何在，觅之不得。问彼老人，尔所多之寿何在，觅之亦不得。少者本无，多者亦归于无，其无正等。"无论活多活少，谁都活在此刻，此刻之前的时间已经永远消逝，没有人能把它们抓在手中。所以，与其贪图活得长久，不如争取活得痛快。中郎引惠开的话说："人生不得行胸臆，纵年百岁犹为夭。"就是这个意思。

三

我们或许可以把袁中郎称作享乐主义者，不过他所提倡的乐，乃是合乎生命之自然的乐趣，体现生命之质量和浓度的快乐。在他看来，为了这样的享乐，付出什么代价也是值得的，甚至这代价也成了一种快乐。

有两段话，极能显出他的个性的光彩。

在一处他说："世人所难得者唯趣"，尤其是得之自然的趣。他举出童子的无往而非趣，山林之人的自在度日，愚不肖的率心而行，作为这种趣的例子。然后写道："自以为绝望于世，故举世非笑之不顾也，此又一趣也。"凭真性情生活是趣，因此遭到全世界的反对又是趣，从这趣中更见出了怎样真的性情！

另一处谈到人生真乐有五，原文太精彩，不忍割爱，照抄如下：

目极世间之色，耳极世间之声，身极世间之鲜，口极世间之谭，一快活也。堂前列鼎，堂后度曲，宾客满席，男女交舄，烛气熏天，珠翠委地，皓魄入帐，花影流衣，二快活也。箧中藏万卷书，书皆珍异。宅畔置一馆，馆中约真正同心友十余人，人中立一识见极高，如司马迁、罗贯中、关汉卿者为主，分曹部署，各成一书，远文唐宋酸儒之陋，近完一代未竟之篇，三快活也。千金买一舟，舟中置鼓吹一部，妓妾数人，游闲数人，泛家浮宅，不知老之将至，四快活也。然人生受用至此，不及十年，家资田产荡尽矣。然后一身狼狈，朝不谋夕，托钵歌妓之院，分餐孤老之盘，往来乡亲，恬不知耻，五快活也。

前四种快活，气象已属不凡，谁知他笔锋一转，说享尽人生快乐以后，一败涂地，沦为乞丐，又是一种快活！中郎文中多这类飞来之笔，出其不意，又顺理成章。世人常把善终视作幸福的标志，其实经不起推敲。若从人生终结看，善不善终都是死，都无幸福可言。若从人生过程看，一个人只要痛快淋漓地生活过，不管善不善终，都称得上幸福了。对于一个洋溢着生命热情的人来说，幸福就在于最大限度地穷尽人生的各种可能性，其中也包括困境和逆境。极而言之，乐极生悲不足悲，最可悲的是从来不曾乐过，一辈子稳稳当当，也平平淡淡，那才是白活了一场。

中郎自己是个充满生命热情的人，他做什么事都兴致勃勃，好像不要命似的。爱山水，便说落雁峰"可值百死"。爱朋友，便叹"以友为性命"。他知道"世上希有事，未有不以死得者"，值得要死要活一番。读书读到会心处，便"灯影下读复叫，叫复读，僮仆睡者皆惊起"，真是忘乎所以。他爱女人，坦陈有"青娥之癖"。他甚至发起懒来也上瘾，名之"懒癖"。

关于癖，他说过一句极中肯的话："余观世上语言无味面目可憎之人，皆无癖之人耳。若真有所癖，将沉湎酣溺，性命死生以之，何暇及钱奴宦贾之事。"有癖之人，哪怕有的是怪癖恶癖，终归还保留着一种自己的真兴趣真热情，比起那般名利俗物来更是一个活人。当然，所谓癖是真正着迷，全心全意，死活不顾。

四

一面彻悟人生的实质，一面满怀生命的热情，两者的结合形成了袁中郎的人生观。他自己把这种人生观与儒家的谐世、道家的玩世、佛家的出世并列为四，称作适世。若加比较，儒家是完全入世，佛家是完全出世，中郎的适世似与道家的玩世相接近，都在入世出世之间。

区别在于，玩世是入世者的出世法，怀着生命的忧患意识逍遥世外，适世是出世者的入世法，怀着大化的超脱心境享受人生。用中郎自己的话说，他是想学"凡间仙，世中佛，无律度的孔子"。

明末知识分子学佛参禅成风，中郎是不以为然的。他"自知魔重""出则为湖魔，入则为诗魔，遇佳友则为谈魔"，舍不得人生如许乐趣，绝不肯出世。况且人只要生命犹存，真正出世是不可能的。佛祖和达摩舍太子位出家，中郎认为是没有参透生死之理的表现。他批评道："当时便在家何妨，何必掉头不顾，为此偏枯不可训之事？似亦不圆之甚矣。"人活世上，如空中鸟迹，去留两可，无须拘泥区区行藏的所在。若说出家是为了离生死，你总还带着这个血肉之躯，仍是跳不出生死之网。若说已经看破生死，那就不必出家，在网中即可作自由跳跃。死是每种人生哲学不可回避的根本问题。中郎认为，儒道释三家，至少就其门徒的行为看，对死都不甚了悟。儒生"以立言为不死，是故著书垂训"，道士"以留形为不死，是故锻金炼气"，释子"以寂灭为不死，是故耽心禅观"，他们都企求某种方式的不死。而事实上，"茫茫众生，谁不有死，堕地之时，死案已立。"不死是不可能的。

那么，依中郎之见，如何才算了悟生死呢？说来也简单，就是要正视生之必死的事实，放下不死的幻想。他比较赞赏孔子的话："朝闻道，夕死可矣。"一个人只要明白了人生的道理，好好地活过一场，也就死而无憾了。

既然死是必然的，何时死，缘何死，便完全不必在意。他曾患呕血之病，担心必死，便给自己讲了这么一个故事：有人在家里藏一笔钱，怕贼偷走，整日提心吊胆，频频查看。有一天携带着远行，回来发现，钱已不知丢失在途中何处了。自己总担心死于呕血，而其实迟早要生个什么病死去，岂不和此人一样可笑？这么一想，就宽心了。

总之，依照自己的真性情痛快地活，又抱着宿命的态度坦然地死，这大约便是中郎的生死观。

未免太简单了一些！然而，还能怎么样呢？我自己不是一直试图对死进行深入思考，而结论也仅是除了平静接受，别无更好的法子？许多文人，对于人生问题作过无穷的探讨，研究过各种复杂的理论，在兜了偌大圈子以后，往往回到一些十分平易质朴的道理上。对于这些道理，许多文化不高的村民野夫早已了然于胸。不过，倘真能这样，也许就对了。罗近溪说："圣人者，常人而肯安心者也。"中郎赞"此语抉圣学之髓"，实不为过誉。我们都是有生有死的常人，倘若我们肯安心做这样的常人，顺乎天性之自然，坦然于生死，我们也就算得上是圣人了。只怕这个境界并不容易达到呢。

1992.3

 **名师赏析**

　　读周国平先生的《人生贵在行胸臆》，相信我们会接受一次精神上的洗礼。

　　袁宏道，明代文人，他强调写诗作文要"独抒性灵，不拘格套，非从自己的胸臆流出，不肯下笔"。所以，袁宏道的文章，清雅隽逸，情趣盎然，得自然风流之致。文章开篇就说"读袁中郎全集，感到清风徐徐扑面，精神阵阵爽快"，欣赏之意开门见山。周先生不仅懂得他的妙语，更加懂得他的真性情。跨越了三百余年时空的这番心灵对话，也让我们对人生观有了更丰富的感悟。

　　最爱山水，最爱朋友，纵情肆意，努力活出本色；
　　彻悟人生，淡泊名利，活得痛快，永葆赤子之心；
　　热爱生命，享受生命，充满热情，展现个性光彩；
　　顺乎天性，追求适世，豁达乐观，坦然面对生死。

平淡的境界

一

很想写好的散文，一篇篇写，有一天突然发现竟积了厚厚一摞。这样过日子，倒是很惬意的。至于散文怎么算好，想来想去，还是归于"平淡"二字。

以平淡为散文的极境，这当然不是什么新鲜的见解。苏东坡早就说过"寄至味于淡泊"一类的话。今人的散文，我喜欢梁实秋的，读起来真是非常舒服，他追求的也是"绚烂之极归于平淡"的境界。不过，要达到这境界谈何容易。"作诗无古今，惟造平淡难。"之所以难，我想除了在文字上要下千锤百炼的功夫外，还因为这不是单单文字功夫能奏效的。平淡不但是一种文字的境界，更是一种胸怀，一种人生的境界。

仍是苏东坡说的："大凡为文，当使气象峥嵘，五色绚烂，渐老渐熟，乃造平淡。"所谓老熟，想来不光指文字，也包含年龄阅历。人年轻时很难平淡，譬如正走在上山的路上，多的是野心和幻想。直到攀上绝顶，领略过了天地的苍茫和人生的限度，才会生出一种散淡的心境，不想再匆匆赶往某个目标，也不必再担心错过什么，下山就从容多了。所以，好的散文大抵出在中年之后，无非是散淡人写的散淡文。

当然，年龄不能担保平淡，多少人一辈子蝇营狗苟，死不觉悟。说到文人，最难戒的却是卖弄，包括我自己在内。写文章一点不卖弄殊不容易，而一有卖弄之心，这颗心就已经不平淡了。举凡名声、地位、学问、经历，还有那一副多愁善感的心肠，都可以拿来卖弄。不知哪里吹来一股风，散文中开出了许多顾影自怜的小花朵。读有的作品，你可以活脱看到作者多么知道自己多愁善感，并且被自己的多愁善感所感动，于是愈发多愁善感了。戏演得愈真诚，愈需要观众。他确实在想象中看到了读者的眼泪，自己禁不住也流泪，泪眼蒙眬地在稿子上签下了自己的名字。

好的散文家是旅人，他只是如实记下自己的人生境遇和感触。这境遇也许很平凡，这感触也许很普通，然而是他自己的，他舍不得丢失。他写时没有想到读者，更没有想到流传千古。他知道自己是易朽的，自己的文字也是易朽的，不过他不在乎。这个世界已经有太多的文化，用不着他再来添加点什么。另一方面呢，他相信人生最本质的东西终归是单纯的，因而不会永远消失。他今天所捡到的贝壳，在他之前一定有许多人捡到过，在他之后一定还会有许多人捡到。想到这一点，他感到很放心。

有一年我到云南大理，坐在洱海的岸上，看白云在蓝天缓缓移动，白帆在蓝湖缓缓移动，心中异常宁静。这景色和这感觉千古如斯，毫不独特，却很好。那时就想，刻意求独特，其实也是一种文人的做作。

活到今天，我觉得自己已经基本上（不是完全）看淡了功名富贵，如果再放下那一份"语不惊人死不休"的虚荣心，我想我一定会活得更自在，那么也许就具备了写散文的初步条件。

二

当然，要写好散文，不能光靠精神涵养，文字上的功夫也是缺不了的。

散文最讲究味。一个人写散文，是因为他品尝到了某种人生滋味，想把它说出来。散文无论叙事、抒情、议论，或记游、写景、咏物，目的都是说出这个味来。说不出一个味，就不配叫散文。譬如说，游记写得无味，就只好算导游指南。再也没有比无味的散文和有学问的诗更让我厌烦的了。

平淡而要有味，这就难了。酸甜麻辣，靠的是作料。平淡之为味，是以原味取胜，前提是东西本身要好。林语堂有一妙比：只有鲜鱼才可清蒸。袁中郎云："凡物酿之得甘，炙之得苦，唯淡也不可造，不可造，是文之真性灵也。"平淡是真性灵的流露，是本色的自然呈现，不能刻意求得。庸僧谈禅，与平淡沾不上边儿。

说到这里，似乎说的都是内容问题，其实，文字功夫的道理已经蕴含在其中了。

如何做到文字平淡有味呢？

第一，家无鲜鱼，就不要宴客。心中无真感受，就不要作文。不要无病呻吟，不要附庸风雅，不要敷衍文债，不要没话找话。尊重文字，不用文字骗人骗己，乃是学好文字功夫的第一步。

第二，有了鲜鱼，就得讲究烹调了，目标只有一个，即保持原味。但怎样才能保持原味，却是说不清的，要说也只能从反面来说，就是千万不要用不必要的作料损坏了原味。作文也是如此。林语堂说行文要"来得轻松自然，发自天籁，宛如天地间本有此一句话，只是被你说出而已"。话说得极漂亮，可惜做起来只有会心者知道，硬学是学不来的。我们能做到的是谨防自然的反面，即不要做作，不要着意雕琢，不要堆积辞藻，不要故弄玄虚，不要故作高深，等等，由此也许可以逐渐接近一种自然的文风了。爱护文字，保持语言在日常生活中的天然健康，不让它被印刷物上的流行疾患侵染和扭曲，乃是文字上的养生功夫。

第三，只有一条鲜鱼，就不要用它熬一大锅汤，冲淡了原味。文字贵在凝练，不但在一篇文章中要尽量少说和不说废话，而且在一个句子里也要尽量少用和不用可有可无的字。文字的平淡得力于自然质朴，有味则得力于凝聚和简练了。因为是原味，所以淡，因为水分少，密度大，所以又是很浓的原味。事实上，所谓文字功夫，基本上就是一种删除废话废字的功夫。陀思妥耶夫斯基在谈到普希金的诗作时说："这些小诗之所以看起来好像是一气呵成的，正是因为普希金把它们修改得太久了的缘故。"梁实秋也是一个极知道割爱的人，所以他的散文具有一种简练之美。世上有一挥而就的佳作，但一定没有未曾下过锤炼功夫的文豪。灵感是石头中的美，不知要凿去多少废料，才能最终把它捕捉住。

如此看来，散文的艺术似乎主要是否定性的。这倒不奇怪，因为前提是有好的感受，剩下的事情就只是不要把它损坏和冲淡。换一种比方，有了真性灵和真体验，就像是有了良种和肥土，这都是文字之前的功夫，而所谓文字功夫无非就是对长出的花木施以防虫和剪枝的护理罢了。

1991.6—1992.4

名师赏析

　　岁月沉淀出平淡，平淡还原出本真。生活的本色，散文的真味氤氲在平淡的境界里，正如这篇文章中周国平先生所说"平淡为散文的极境"。

　　周国平先生没有空谈平淡境界是如何高妙，而是结合自己的创作经历从平淡心境的涵养、平淡文字的锤炼两个方面与我们交流，散文要讲究味，平淡而要有味是不容易的，让人深感写好散文需要内外兼修。周先生如一位循循善诱的智者，没有生硬死板的说教，没有随意卖弄的套路，而是在引经据典中让人领略平淡境界的静美；没有浓墨重彩的辞藻，没有刻意而为的做派，而是将散文创造比作烹饪鲜鱼，深入浅出地让人明白了文字平淡有味的真谛。

　　表达真情，保持原味，贵在凝练。平淡的境界不仅是一种文字的境界，更是一种胸怀，一种人生境界。

家

如果把人生比作一种漂流——它确实是的，对于有些人来说是漂过许多地方，对于所有人来说是漂过岁月之河——那么，家是什么呢？

一、家是一只船

南方水乡，我在湖上荡舟。迎面驶来一只渔船，船上炊烟袅袅。当船靠近时，我闻到了饭菜的香味，听到了孩子的嬉笑。这时我恍然悟到，船就是渔民的家。

以船为家，不是太动荡了吗？可是，我亲眼看到渔民们安之若素，举止泰然，而船虽小，食住器具，一应俱全，也确实是个家。

于是我转念想，对于我们，家又何尝不是一只船？这是一只小小的船，却要载我们穿过多么漫长的岁月。岁月不会倒流，前面永远是陌生的水域，但因为乘在这只熟悉的船上，我们竟不感到陌生。四周时而风平浪静，时而波涛汹涌，但只要这只船是牢固的，一切都化为美丽的风景。人世命运莫测，但有了一个好家，有了命运与共的好伴侣，莫测的命运仿佛也不复可怕。

我心中闪过一句诗："家是一只船,在漂流中有了亲爱。"

望着湖面上缓缓而行的点点帆影,我暗暗祝祷,愿每张风帆下都有一个温馨的家。

二、家是温暖的港湾

正当我欣赏远处美丽的帆影时,耳畔响起一位哲人的讽喻:"朋友,走近了你就知道,即使在最美丽的帆船上也有着太多琐屑的噪音!"

这是尼采对女人的讥评。

可不是吗,家太平凡了,再温馨的家也难免有俗务琐事、闲言碎语乃至小吵小闹。

那么,让我们扬帆远航。

然而,凡是经历过远洋航行的人都知道,一旦海平线上出现港口朦胧的影子,寂寞已久的心会跳得多么欢快。如果没有一片港湾在等待着拥抱我们,无边无际的大海岂不令我们绝望?在人生的航行中,我们需要冒险,也需要休憩,家就是供我们休憩的温暖的港湾。在我们的灵魂被大海神秘的涛声陶冶得过分严肃以后,家中琐屑的噪音也许正是上天安排来放松我们精神的人间乐曲。

傍晚,征帆纷纷归来,港湾里灯火摇曳,人声喧哗,把我对大海的沉思冥想打断了。我站起来,愉快地问候:"晚安,回家的人们!"

三、家是永远的岸

我知道世上有一些极骄傲也极荒凉的灵魂，他们永远无家可归，让我们不要去打扰他们。作为普通人，或早或迟，我们需要一个家。

荷马史诗中的英雄奥德修斯长年漂泊在外，历尽磨难和诱惑，正是回家的念头支撑着他，使他克服了一切磨难，抵御了一切诱惑。最后，当女神卡吕浦索劝他永久留在她的小岛上时，他坚辞道："尊贵的女神，我深知我的老婆在你的光彩下只会黯然失色，你长生不老，她却注定要死。可是我仍然天天想家，想回到我的家。"

自古以来，无数诗人咏唱过游子的思家之情。"渔灯暗，客梦回，一声声滴人心碎。孤舟五更家万里，是离人几行情泪。"家是游子梦魂萦绕的永远的岸。

不要说"赤条条来去无牵挂"。至少，我们来到这个世界，是有一个家让我们登上岸的。当我们离去时，我们也不愿意举目无亲，没有一个可以向之告别的亲人。倦鸟思巢，落叶归根，我们回到故乡故土，犹如回到从前靠岸的地方，从这里启程驶向永恒。我相信，如果灵魂不死，我们在天堂仍将怀念留在尘世的这个家。

1992.4

名师赏析

  这是一篇哲理美文。文章以船、港湾和岸为喻，表达了对家的赞美、依恋和对天下人的祝福。人生如果是一次漂流，那家是什么呢？周国平先生以三个比喻句作为小标题，书写了对人生对家的思考，由浅入深，亲切美好又富有哲学意味。

  "家是一只船"是在观察渔民以"船"为家的生活现象后深入思考得出的结论。"家是温暖的港湾"是在前面的基础上，由人生是一次扬帆远航所联想到的。"家是永远的岸"则告诉我们，家就是航行的目标和停靠的彼岸。

  本文运用了记叙、议论、抒情多种表达方式。同时多处运用比喻、设问、引用的修辞方法，使作者的阐述更丰满，很值得我们学习。周先生的行文技巧也让我们内心涌起点点真情，愿天下所有人都拥有一个温馨的家。

失去的岁月

一

上大学时，常常当我在灯下聚精会神读书时，灯突然灭了。这是全宿舍同学针对我一致作出的决议：遵守校规，按时熄灯。我多么恨那只拉开关的手，咔嚓一声，又从我的生命线上割走了一天。怔怔地坐在黑暗里，凝望着月色朦胧的窗外，我委屈得泪眼汪汪。

年龄愈大，光阴流逝愈快，但我好像愈麻木了。一天又一天，日子无声无息地消失，就像水滴消失于大海。蓦然回首，我在世上活了一万多个昼夜，它们都已经不知去向。

"子在川上曰：逝者如斯夫，不舍昼夜。"其实，光阴何尝是这样一条河，可以让我们伫立其上，河水从身边流过，而我却依然故我？时间不是某种从我身边流过的东西，而就是我的生命。弃我而去的不是日历上的一个个日子，而是我生命中的岁月；甚至也不仅仅是我的岁月，而就是我自己。我不但找不回逝去的年华，而且也找不回从前的我了。

当我回想很久以前的我，譬如说，回想大学宿舍里那个泪眼汪汪的我的时候，在我眼前出现的总是一个孤儿的影子，他被无情地遗弃在过去的岁月里了。他孑然一身，举目无亲，徒劳地盼望回到活人的世界上来，而事实上却不可阻挡地被过去的岁月带往更远的远方。我伸出手去，但是我无法触及他并把他领回。我大声呼唤，但是我的声音到达不了他的耳中。我不得不承认这是一种死亡，从前的我已经成为一个死者，我对他的怀念与对一个死者的怀念有着相同的性质。

二

自古以来，不知多少人问过：时间是什么？它在哪里？人们在时间中追问和苦思，得不到回答，又被时间永远地带走了。

时间在哪里？被时间带走的人在哪里？

为了度量时间，我们的祖先发明了日历，于是人类有历史，个人有年龄。年龄代表一个人从出生到现在所拥有的时间。真的拥有吗？它们在哪里？

总是这样：因为失去童年，我们才知道自己长大；因为失去岁月，我们才知道自己活着；因为失去，我们才知道时间。

我们把已经失去的称作过去，尚未得到的称作未来，停留在手上的称作现在。但时间何尝停留，现在转瞬成为过去，我们究竟有什么？

多少个深夜，我守在灯下，不甘心一天就此结束。然而，即使我通宵不眠，一天还是结束了。我们没有任何办法能留住时间。

我们永远不能占有时间，时间却掌握着我们的命运。在它

宽大无边的手掌里，我们短暂的一生同时呈现，无所谓过去、现在、未来，我们的生和死、幸福和灾祸早已记录在案。

可是，既然过去不复存在，现在稍纵即逝，未来尚不存在，世上真有时间吗？这个操世间一切生灵生杀之权的隐身者究竟是谁？

我想象自己是草地上的一座雕像，目睹一代又一代孩子嬉闹着从远处走来，渐渐长大，在我身旁谈情说爱，寻欢作乐，又慢慢衰老，蹒跚着向远处走去。我在他们中间认出了我自己的身影，他走着和大家一样的路程。我焦急地朝他瞪眼，示意他停下来，但他毫不理会。现在他已经越过我，继续向前走去了。我悲哀地看着他无可挽救地走向衰老和死亡。

三

许多年以后，我回到我出生的那个城市，一位小学时的老同学陪伴我穿越面貌依旧的老街。他突然指着坐在街沿屋门口的一个丑女人悄悄告诉我，她就是我们的同班同学某某。我赶紧转过脸去，不敢相信我昔日心目中的偶像竟是这般模样。我的心中保存着许多美丽的面影，然而一旦邂逅重逢，没有不立即破灭的。

我们总是觉得儿时尝过的某样点心最香甜，儿时听过的某支曲子最美妙，儿时见过的某片风景最秀丽。"幸福的岁月是那失去的岁月。"你可以找回那点心、曲子、风景，可是找不回岁月。所以，同一样点心不再那么香甜，同一支曲子不再那么美妙，同一片风景不再那么秀丽。

当我坐在电影院里看电影时，我明明知道，人类的彩色摄影技术已经有了非凡的长进，但我还是找不回像幼时看的幻灯片那么鲜亮的色彩了。失去的岁月便如同那些幻灯片一样，在记忆中闪烁着永远不可企及的幸福的光华。

每次回母校，我都要久久徘徊在我过去住的那间宿舍的窗外。窗前仍是那株木槿，隔了这么些年居然既没有死去，也没有长大。我很想进屋去，看看从前那个我是否还在那里。从那时到现在，我到过许多地方，有过许多遭遇，可是这一切会不会是幻觉呢？也许，我仍然是那个我，只不过走了一会儿神？也许，根本没有时间，只有许多个我同时存在，说不定会在哪里突然相遇？但我终于没有进屋，因为我知道我的宿舍已被陌生人占据，他们会把我看作入侵者，尽管在我眼中，他们才是我的神圣的青春岁月的入侵者。

在回忆的引导下，我们寻访旧友，重游故地，企图找回当年的感觉，然而徒劳。我们终于怅然发现，与时光一起消逝的不仅是我们的童年和青春，而且是由当年的人、树木、房屋、街道、天空组成的一个完整的世界，其中也包括我们当年的爱和忧愁，感觉和心情，我们当年的整个心灵世界。

四

可是，我仍然不相信时间带走了一切。逝去的年华，我们最珍贵的童年和青春岁月，我们必定以某种方式把它们保存在一个安全的地方了。我们遗忘了藏宝的地点，但必定有这么一个地方，否则我们不会这样苦苦地追寻。或者说，有一间心灵的密室，其中藏着我们过去的全部珍宝，只是我们竭尽全力也回想不起开锁的密码了。然而，可能会有一次纯属偶然，我们漫不经心地碰对了这密码，于是密室开启，我们重新置身于从前的岁月。

当普鲁斯特的主人公口含一块泡过茶水的玛德莱娜小点心，突然感觉到一种奇特的快感和震颤的时候，便是碰对了密码。一种当下的感觉，也许是一种滋味，一阵气息，一个旋律，石板上的一片阳光，与早已遗忘的那个感觉巧合，因而混合进了和这感觉联结在一起的昔日的心境，于是昔日的生活情景便从这心境中涌现出来。

其实，每个人的生活中都不乏这种普鲁斯特式幸福的机缘，在此机缘触发下，我们会产生一种对某样东西似曾相识又若有所失的感觉。但是，很少有人像普鲁斯特那样抓住这种机缘，促使韶光重现。我们总是生活在眼前，忙碌着外在的事务。我们的日子是断裂的，缺乏内在的连续性。逝去的岁月如同一张张未经显影的底片，杂乱堆积在暗室里。它们仍在那里，但和我们永远失去了它们又有什么区别？

五

诗人之为诗人，就在于他对时光的流逝比一般人更加敏感，诗便是他为逃脱这流逝自筑的避难所。摆脱时间有三种方式：活在回忆中，把过去永恒化；活在当下的激情中，把现在永恒化；活在期待中，把未来永恒化。然而，想象中的永恒并不能阻止事实上的时光流逝。所以，回忆是忧伤的，期待是迷惘的，当下的激情混合着狂喜和绝望。难怪一个最乐观的诗人也如此喊道：

"时针指示着瞬息，但什么能指示永恒呢？"

诗人承担着悲壮的使命：把瞬间变成永恒，在时间之中摆脱时间。

谁能生活在时间之外，真正拥有永恒呢？

孩子和上帝。

孩子不在乎时光流逝。在孩子眼里，岁月是无穷无尽的。童年之所以令人怀念，是因为我们在童年曾经一度拥有永恒。可是，孩子会长大，我们终将失去童年。我们的童年是在我们明白自己必将死去的那一天结束的。自从失去了童年，我们也就失去了永恒。

从那以后，我所知道的唯一的永恒便是我死后时间的无限绵延，我的永恒的不存在。

还有上帝呢？我多么愿意和圣奥古斯丁一起歌颂上帝："你的岁月无往无来，永是现在，我们的昨天和明天都在你的今天之中过去和到来。"我多么希望世上真有一面永恒的镜子，其中映照着被时间劫走的我的一切珍宝，包括我的生命。可是，我知道，上帝也只是诗人的一个避难所！

在很小的时候，我就自己偷偷写起了日记。一开始的日记极幼稚，只是写些今天吃了什么好东西之类。我仿佛本能地意识到那好滋味容易消逝，于是想用文字把它留住。年岁渐大，我用文字留住了许多好滋味：爱，友谊，孤独，欢乐，痛苦……在青年时代的一次劫难中，我烧掉了全部日记。后来我才知道此举的严重性，为我的过去岁月的真正死亡痛哭不止。但是，写作的习惯延续下来了。我不断把自己最好的部分转移到我的文字中去，到最后，罗马不在罗马了，我借此逃脱了时光的流逝。

仍是想象中的？可是，在一个已经失去童年而又不相信上帝的人，此外还能怎样呢？

1992.5

名师赏析

本文是一篇关于时间的散文，主题深刻，立意深远，值得我们反复阅读。周国平先生由生活小事产生对光阴流逝的感慨，并引发对岁月人生的思考。若仔细捕捉作者行文中细腻的情感变化，能更好地理解文章内涵。记得有一首歌《时间都去哪儿了》曾引起人们的热议：门前老树长新芽，院里枯木又开花，半生存了好多话，藏进了满头白发。当人们能在浮躁中安静下来，细细品味人生这一辈子的时候，多少都会有一阵心灵的感叹。人生的沟沟坎坎，人生的酸甜苦辣，人生的喜怒哀乐，多少往事值得我们去回味，多少时光值得我们去追寻啊！真的，"幸福的岁月是那失去的岁月"，虽然时间掌握着我们的命运，但我们仍不相信时间会带走一切，最美好、最纯真的岁月，必定会以特殊的方式永远珍藏。

"沉默学"导言

一个爱唠叨的理发师给马其顿王理发，问他喜欢什么发型，马其顿王答道："沉默型。"

我很喜欢这个故事。素来怕听人唠叨，尤其是有学问的唠叨。遇见那些满腹才学关不住的大才子，我就不禁想起这位理发师来，并且很想效法马其顿王告诉他们，我最喜欢的学问是"沉默学"。

无论会议上，还是闲谈中，听人神采飞扬地发表老生常谈，激情满怀地叙说妇孺皆知，我就惊诧不已。我简直还有点嫉妒：这位先生（往往是先生）的自我感觉何以这样好呢？据说讲演术的第一秘诀是自信，一自信，就自然口若悬河滔滔不绝起来了。可是，自信总应该以自知为基础吧？不对，我还是太迂了。毋宁说，天下的自信多半是盲目的。唯其盲目，才拥有那一份化腐朽为神奇的自信，敢于以创始人的口吻宣说陈词滥调，以发明家的身份公布道听途说。

可惜的是，我始终无法拥有这样的自信。话未出口，自己就怀疑起它的价值了，于是嗫嚅欲止，字不成句，更谈何出口成章。对于我来说，谎言重复十遍未必成为真理，真理重复十遍（无须十遍）就肯定成为废话。人在世，说废话本属难免，因为创新总是极稀少的。能够把废话说得漂亮，岂不也是一种才能？若不准说废话，人世就会沉寂如坟墓。我知道自己的挑剔和敏感实在有悖常理，无奈改不掉，只好不改。不但不改，还要把它合理化，于自卑中求另一种自信。

好在这方面不乏贤哲之言，足可供我自勉。古希腊最早的哲人泰勒斯就说过："多说话并不表明有才智。"人有两只耳朵，只有一张嘴，一位古罗马哲人从中揣摩出了造物主的意图：让我们多听少说。孔子主张"君子欲讷于言而敏于行"，这是众所周知的了。明朝的李笠翁也认为：智者拙于言谈，善谈者罕是智者。当然，沉默寡言未必是智慧的征兆，世上有的是故作深沉者或天性木讷者，我也难逃此嫌。但是，我确信其反命题是成立的：夸夸其谈者必无智慧。

曾经读到一则幽默，大意是某人参加会议，一言不发，事后，一位评论家对他说："如果你蠢，你做得很聪明；如果你聪明，你做得很蠢。"当时觉得这话说得很机智，意思也是明白的：蠢人因沉默而未暴露其蠢，所以聪明；聪明人因沉默而未表现其聪明，所以蠢。仔细琢磨，发现不然。聪明人必须表现自己的聪明吗？聪明人非说话不可吗？聪明人一定有话可说吗？再也没有比听聪明人在无话可说时偏要连篇累牍地说聪明的废话更让我厌烦的了，在我眼中，此时他不但做得很蠢，而且他本人也成了天下最蠢的一个家伙。如果我自己身不由己地被置于一种无话可说却又必须说话的场合，那真是天大的灾难，老天饶了我吧！

公平地说，那种仅仅出于表现欲而夸夸其谈的人毕竟还不失为天真。今日之聪明人已经不满足于这无利可图的虚荣，他们要大张旗鼓地推销自己，力求卖个好价钱。于是，我们接连看到，靠着传播媒介的起哄，平庸诗人发出摘冠诺贝尔的豪言，俗不可耐的小说跃居畅销书目的榜首，尚未开拍的电视剧先声夺人闹得天下沸沸扬扬。在这一片叫卖声中，我常常想起甘地的话："沉默是信奉真理者的精神训练之一。"我还想起吉辛的话："人世一天天愈来愈吵闹，我不愿在增长着的喧嚣中加上一份，单凭了我的沉默，我也向一切人奉献了一种好处。"这两位圣者都是羞于言谈的人，看来绝非偶然。当然，沉默者未免寂寞，那又有什么？说到底，一切伟大的诞生都是在沉默中孕育的。广告造就不了文豪。哪个自爱并且爱孩子的母亲会在分娩前频频向新闻界展示她的大肚子呢？

种种热闹一时的吹嘘和喝彩，终是虚声浮名。在万象喧嚣的背后，在一切语言消失之处，隐藏着世界的秘密。世界无边无际，有声的世界只是其中很小一部分。只听见语言不会倾听沉默的人是被声音堵住了耳朵的聋子。懂得沉默的价值的人却有一双善于倾听沉默的耳朵，如同纪伯伦所说，他们"听见了寂静的唱诗班唱着世纪的歌，吟咏着空间的诗，解释着永恒的秘密"。一个听懂了千古历史和万有存在的沉默的话语的人，他自己一定也是更懂得怎样说话的。

世有声学、语言学、音韵学、广告学、大众传播学、公共关系学等等，唯独没有沉默学。这就对了，沉默怎么能教呢？所以，仅存此"导言"一篇，"正论"则理所当然地将永远付诸阙如了。

1993.3

周国平先生的这篇经典美文告诉我们的道理很简单，沉默是金。滚滚红尘中，万象喧嚣，人声鼎沸。我们不要过分自信夸夸其谈，不要自作聪明废话连篇，不要花言巧语自我吹嘘。"多说话并不表明有才智。"一切伟大的诞生都是在沉默中孕育的，我们要少说多听，学会"沉默学"这门处世哲学。

为了让我们明白"沉默学"这门艺术，周先生采用了多种论证方法。开篇以讲故事的方式导入观点——沉默令人喜欢，唠叨令人生厌。接着现身说法，自己坚持不说毫无价值的废话。然后旁征博引，引用孔子、吉辛等大师的话来证明沉默是一种智慧，让我们懂得沉默的价值。而夸夸其谈者或因为天真，或出于虚荣，或为了谋利……他们必无智慧。沉默，真是"此时无声胜有声"的无言之美。"此中有真意，欲辨已忘言。"

车窗外

　　小时候喜欢乘车，尤其是火车，占据一个靠窗的位置，扒在窗户旁看窗外的风景。这爱好至今未变。

　　列车飞驰，窗外无物长驻，风景永远新鲜。

　　其实，窗外掠过什么风景，这并不重要。我喜欢的是那种流动的感觉。景物是流动的，思绪也是流动的，两者融为一片，仿佛置身于流畅的梦境。

　　当我望着窗外掠过的景物出神时，我的心灵的窗户也洞开了。许多似乎早已遗忘的往事，得而复失的感受，无暇顾及的思想，这时都不召自来，如同窗外的景物一样在心灵的窗户前掠过。于是我发现，平时我忙于种种所谓必要的工作，使得我的心灵的窗户有太多的时间是关闭着的，我的心灵世界还有太多的风景未被鉴赏。而此刻，这些平时遭到忽略的心灵景观在打开了的窗户前源源不断地闪现了。

　　所以，我从来不觉得长途旅行无聊，或者毋宁说，我有点喜欢这一种无聊。在长途车上，我不感到必须有一个伴与我闲聊，或者必须有一种娱乐让我消遣。我甚至舍不得把时间花在读一本好书上，因为书什么时候都能读，白日梦却不是想做就能做的。

就因为贪图车窗前的这一份享受，凡出门旅行，我宁愿坐火车，不愿乘飞机。飞机太快地把我送到了目的地，使我来不及寂寞，因而来不及触发那种出神遐想的心境，我会因此感到像是未曾旅行一样。航行江海，我也宁愿搭乘普通轮船，久久站在甲板上，看波涛万古流涌，而不喜欢坐封闭型的豪华快艇。有一回，从上海到南通，我不幸误乘这种快艇，当别人心满意足地靠在舒适的软椅上看彩色录像时，我痛苦地盯着舱壁上那一个个窄小的密封窗口，真觉得自己仿佛遭到了囚禁。

　　我明白，这些仅是我的个人癖性，或许还是过了时的癖性。现代人出门旅行讲究效率和舒适，最好能快速到把旅程缩减为零，舒适到如同住在自己家里。令我不解的是，既然如此，又何必出门旅行呢？如果把人生譬作长途旅行，那么，现代人搭乘的这趟列车就好像是由工作车厢和娱乐车厢组成的，而他们的惯常生活方式就是在工作车厢里拼命干活和挣钱，然后又在娱乐车厢里拼命享受和把钱花掉，如此交替往复，再没有工夫和心思看一眼车窗外的风景了。

　　光阴蹉跎，世界喧嚣，我自己要警惕，在人生旅途上保持一份童趣和闲心是不容易的。如果哪一天我只是埋头于人生中的种种事务，不再有兴致扒在车窗旁看沿途的风光，倾听内心的音乐，那时候我就真正老了俗了，那样便辜负了人生这一趟美好的旅行。

1993.4

名师赏析

　　我们向往壶口瀑布的气势恢宏，我们向往各拉丹冬的冰雪奇美，但旅途中不仅只有目的地的风景，路途中的所见所感亦可津津乐道。本文正是关注到了我们熟悉而又陌生的"车窗外"的景象。当然，周国平先生并没有重点写车窗外的风景，而是将这日常情境与人生的哲思联系在一起。哲思是起点，通俗精炼的文字又将生活与之巧妙地融合在一起，最终劝慰我们在人生旅途上保持一份童趣和闲心，让我们的心灵的窗户有更多的时间被打开，让我们的心灵欣赏更多的风景。周先生认为以哲学的方式来介入人的生活，能使人不丧失人的精神性和独立性。哲学离我们并不远，只需要在我们好不容易有一次旅行的机会时，坐下来，打开窗，静下心，去感受迎面的风，你就在实践着生活哲学。

生命本来没有名字

这是一封读者来信，从一家杂志社转来的。每个作家都有自己的读者，都会收到读者的来信，这很平常。我不经意地拆开了信封。可是，读了信，我的心在一种温暖的感动中战栗了。

请允许我把这封不长的信抄录在这里——

"不知道该怎样称呼您，每一种尝试都令自己沮丧，所以就冒昧地开口了，实在是一份由衷的生命对生命的亲切温暖的敬意。

"记住你的名字大约是在七年前，那一年翻看一本《父母必读》，上面有一篇写孩子的或者是写给孩子的文章，是印刷体却另有一种纤柔之感，觉得您这个男人的面孔很别样。

"后来慢慢长大了，读您的文章便多了，常推荐给周围的人去读，从不多聒噪什么，觉得您的文章和人似乎是很需要我们安静的，因为什么，却并不深究下去了。

"这回读您的《时光村落里的往事》，恍若穿行乡村，沐浴到了最干净最暖和的阳光。我是一个卑微的生命，但我相信您一定愿意静静地听这个生命说：'我愿意静静地听您说话……'我从不愿把您想象成一个思想家或散文家，您不会为此生气吧。

"也许再过好多年之后，我已经老了，那时候，我相信为了年轻时读过的您的那些话语，我要用心说一声：谢谢您！"

信尾没有落款，只有这一行字："生命本来没有名字吧，我是，你是。"我这才想到查看信封，发现那上面也没有寄信人的地址，作为替代的是"时光村落"四个字。我注意了邮戳，寄自河北怀来。

从信的口气看，我相信写信人是一个很年轻的刚刚长大的女孩，一个生活在穷城僻镇的女孩。我不曾给《父母必读》寄过稿子，那篇使她和我初次相遇的文章，也许是这个杂志转载的，也许是她记错了刊载的地方，不过这都无关紧要。令我感动的是她对我的文章的读法，不是从中寻找思想，也不是作为散文欣赏，而是一个生命静静地倾听另一个生命。所以，我所获得的不是一个作家的虚荣心的满足，而是一个生命被另一个生命领悟的温暖，一种暖入人性根底的深深的感动。

"生命本来没有名字"——这话说得多么好！我们降生到世上，有谁是带着名字来的？又有谁是带着头衔、职位、身份、财产等等来的？可是，随着我们长大，越来越深地沉溺于俗务琐事，已经很少有人能记起这个最单纯的事实了。我们彼此以名字相见，名字又与头衔、身份、财产之类相连，结果，在这些寄生物的缠绕之下，生命本身隐匿了，甚至萎缩了。无论对己对人，生命的感觉都日趋麻痹。多数时候，我们只是作为一个称谓活在世上。即使是朝夕相处的伴侣，也难得以生命的本然状态相待，更多的是一种伦常和习惯。浩瀚宇宙间，也许只有我们的星球开出了生命的花朵，可是，在这个幸运的星球上，比比皆是利益的交换，身份的较量，财产的争夺，最罕见的偏偏是生命与生命的相遇。仔细想想，我们是怎样地本末倒置，因小失大，辜负了造化的宠爱。

是的——我是，你是，每一个人都是一个多么普通又多么独特的生命，原本无名无姓，却到底可歌可泣。我、你、每一个生命都是那么偶然地来到这个世界上，完全可能不降生，却毕竟降生了，然后又将必然地离去。想一想世界在时间和空间上的无限，每一个生命的诞生的偶然，怎能不感到一个生命与另一个生命的相遇是一种奇迹呢。有时我甚至觉得，两个生命在世上同时存在过，哪怕永不相遇，其中也仍然有一种令人感动的因缘。我相信，对于生命的这种珍惜和体悟乃是一切人间之爱的至深的源泉。你说你爱你的妻子，可是，如果你不是把她当作一个独一无二的生命来爱，那么你的爱还是比较有限。你爱她的美丽、温柔、贤惠、聪明，当然都对，但这些品质在别的女人身上也能找到。唯独她的生命，作为一个生命体的她，却是在普天下的女人身上也无法重组或再生的，一旦失去，便是不可挽回地失去了。世上什么都能重复，恋爱可以再谈，配偶可以另择，身份可以炮制，钱财可以重挣，甚至历史也可以重演，唯独生命不能。愈是精微的事物愈不可重复，所以，与每一个既普通又独特的生命相比，包括名声地位财产在内的种种外在遭遇实在粗浅得很。

既然如此，当另一个生命，一个陌生得连名字也不知道的生命，远远地却又那么亲近地发现了你的生命，透过世俗功利和文化的外观，向你的生命发出了不求回报的呼应，这岂非人生中令人感动的幸运？

所以，我要感谢这个不知名的女孩，感谢她用她的安静的倾听和领悟点拨了我的生命的性灵。她使我愈加坚信，此生此世，当不当思想家或散文家，写不写得出漂亮文章，真是不重要。我唯愿保持住一份生命的本色，一份能够安静聆听别的生命也使别的生命愿意安静聆听的纯真，此中的快乐远非浮华功名可比。

很想让她知道我的感谢，但愿她读到这篇文章。

1994.3

名师赏析

　　《生命本来没有名字》是周国平先生的名篇，语言朴实，却将人生的哲理娓娓道来。文章从一封读者来信切入，一个生活在穷乡僻镇的女孩，她的阅读，不是寻找作者的思想，也不是欣赏作者的文笔，而是一个生命对另一个生命的静静倾听。这种读法也让周先生感受到一个生命被另一个生命领悟的温暖和感动。是的，生命本来没有名字，你是，我是。生命，既普通又感动，每一个生命都是偶然到来，又必然离去。生命，既简单又孤独，每个人生命的长度都是有限的。在这有限的生命中，一个生命和另一个生命的相遇是缘分和奇迹，珍惜生命、体悟生命，就是"一切人间之爱的至深的源泉"。保持生命的本色，保持安静的纯真，其中快乐无穷。愿你也在阅读中，点拨彼此生命的性灵。

守望的角度

若干年前，我就想办一份杂志，刊名也起好了，叫《守望者》，但一直未能如愿。我当然不是想往色彩缤纷的街头报摊上凑自己的一份热闹，也不是想在踌躇满志的文化精英中挤自己的一块地盘。正好相反，在我的想象中，这份杂志应该是很安静的，与世无争的，也因此而在普遍的热闹和竞争中有了存在的价值。我只想开一个小小的园地，可以让现代的帕斯卡尔们在这里发表他们的思想录。

我很喜欢"守望者"这个名称，它使我想起守林人。守林人的心境总是非常宁静的，他长年与树木、松鼠、啄木鸟这样一些最单纯的生命为伴，他自己的生命也变得单纯了。他的全部生活就是守护森林，瞭望云天，这守望的生涯使他心明眼亮，不染尘嚣。"守望者"的名称还使我想起守灯塔人。在奔流的江河中，守灯塔人日夜守护灯塔，瞭望潮汛，保护着船只的安全航行。当然，与都市人相比，守林人的生活未免冷清。与弄潮儿相比，守灯塔人的工作未免平凡。可是，你决不能说他们是人类中可有可无的一员。如果没有这些守望者的默默守望，森林消失，地球化为沙漠，都市人到哪里去寻欢作乐，灯塔熄灭，航道成为墓穴，弄潮儿如何还能大出风头？

在历史的进程中，我们同样需要守望者。守望是一种角度。当我这样说时，我已经承认对待历史进程还可以有其他的角度，它们也都有存在的理由。譬如说，你不妨做一个战士，甚至做一个将军，在时代的战场上冲锋陷阵，发号施令。你不妨投身到任何一种潮流中去，去经商，去从政，去称霸学术，统帅文化，叱咤风云，指点江山，去充当各种名目的当代英雄。但是，在所有这些显赫活跃的身影之外，还应该有守望者的寂寞的身影。守望者是这样一种人，他们并不直接投身于时代的潮流，毋宁说往往与一切潮流保持着一个距离。但他们也不是旁观者，相反对于潮流的来路和去向始终怀着深深的关切。他们关心精神价值甚于关心物质价值，在他们看来，无论个人还是人类，物质再繁荣，生活再舒适，如果精神流于平庸，灵魂变得空虚，就绝无幸福可言。所以，他们虔诚地守护着他们心灵中那一块精神的园地，其中珍藏着他们所看重的人生最基本的精神价值，同时警惕地瞭望着人类前方的地平线，注视着人类精神生活的基本走向。在天空和土地日益被拥挤的高楼遮蔽的时代，他们怀着忧虑之心仰望天空，守卫土地。他们守的是人类安身立命的生命之土，望的是人类超凡脱俗的精神之天。

说到"守望者"，我总是想起塞林格的名作《麦田里的守望者》。许多年前，当我还是一个大学生的时候，这部小说的中译本印着"内部发行"的字样，曾在小范围内悄悄流传，也在我手中停留过。"守望者"这个名称给我留下印象，最初就缘于这部小说。小说的主人公是一个被学校开除的中学生，他貌似玩世不恭，厌倦现存的平庸的一切，但他并非没有理想。他想象悬崖边有一大块麦田，一大群孩子在麦田里玩，而他的理

073

想就是站在悬崖边做一个守望者，专门捕捉朝悬崖边上乱跑的孩子，防止他们掉下悬崖。后来我发现，在英文原作中，被译为"守望者"的那个词是 Catcher，直译应是"捕捉者""棒球接球手"。不过，我仍觉得译成"守望者"更传神，意思也好。今日的孩子们何尝不是在悬崖边的麦田里玩，麦田里有天真、童趣和自然，悬崖下是空虚和物欲的深渊。当此之时，我希望世上多几个志愿的守望者，他们能以智慧和爱心守护着麦田和孩子，守护着我们人类的未来。

1995.4

 **名师赏析**

　　周国平先生的这篇文章，看似为杂志《守望者》正名，实际上热情地讴歌了"守望者"的价值——"守"的是人生永恒的价值，"望"的是人类精神生活的基本走向。由"守望者"联想到了"守林人"和"守灯塔人"，因为他们有共同的特点——心境宁静，生命单纯，心明眼亮，不染尘嚣，具体可感的形象帮助我们更好地理解作者的观点。"守望"是人们对待历史进程的一种方式和态度，在历史进程中，我们需要守望者。文章最后引用塞林格的名作《麦田的守望者》，表达了希望多一些守望者，用智慧和爱守护人类未来的愿望，丰富了文章的思想内涵。

被废黜的国王

帕斯卡尔说：人是一个被废黜的国王，否则就不会因为自己失了王位而悲哀了。所以，从人的悲哀也可证明人的伟大。借用帕斯卡尔的这个说法，我们可以把人类的精神史看作为恢复失去的王位而奋斗的历史。当然，人曾经拥有王位并非一个历史事实，而只是一个譬喻，其含义是：人的高贵的灵魂必须拥有配得上它的精神生活。

我不相信上帝，但我相信世上必定有神圣。如果没有神圣，就无法解释人的灵魂何以会有如此执拗的精神追求。用感觉、思维、情绪、意志之类的心理现象完全不能概括人的灵魂生活，它们显然属于不同的层次。灵魂是人的精神生活的真正所在地，在这里，每个人最内在深邃的"自我"直接面对永恒，追问有限生命的不朽意义。灵魂的追问总是具有形而上的性质，不管现代哲学家们如何试图证明形而上学问题的虚假性，也永远不能平息人类灵魂的这种形而上追问。

我们当然可以用不同的尺度来衡量历史的进步，例如物质财富的富裕，但精神圣洁肯定也是必不可少的一维。正如黑格尔所说："一个没有形而上学的民族就像一座没有祭坛的神庙。"没有祭坛，也就是没有信仰，没有神圣的价值，没有敬畏之心，没有道德的约束，人生唯剩纵欲和消费，人与人之间只有利益的交易和争斗。它甚至不再是一座神庙，而成了一个吵吵闹闹的市场。事实上，不仅在比喻的意义上，而且按照字面的意思理解，在今日中国，这种沦落为乌烟瘴气的市场的所谓神庙，我们见得还少吗？

在一个功利至上、精神贬值的社会里，适应取代创造成了才能的标志，消费取代享受成了生活的目标。在许多人心目中，"理想""信仰""灵魂生活"都是过时的空洞词眼。可是，我始终相信，人的灵魂生活比外在的肉身生活和社会生活更为本质，每个人的人生质量首先取决于他的灵魂生活的质量。一个经常在阅读和沉思中与古今哲人文豪倾心交谈的人，和一个沉湎在歌厅、肥皂剧以及庸俗小报中的人，他们肯定生活在两个绝对不同的世界上。

人是一个被废黜的国王，被废黜的是人的灵魂。由于被废黜，精神有了一个多灾多难的命运。然而，不论怎样被废黜，精神终归有着高贵的王室血统。在任何时代，总会有一些人默记和继承着精神的这个高贵血统，并且为有朝一日恢复它的王位而努力着。我愿把他们恰如其分地称作"精神贵族"。"精神贵族"曾经是一个批判性的词汇，可是真正的"精神贵族"何其稀少！尤其在一个精神遭到空前贬值的时代，倘若一个人仍然坚持做"精神贵族"，以精神的富有而坦然于物质的清贫，我相信他就必定不是为了虚荣，而是真正出于精神上的高贵和诚实。

名师赏析

　　"人是一个被废黜的国王"，周国平先生开笔就借用帕斯卡尔的话点明题目，把人类的精神史比作为恢复失去的王位而奋斗的历史，引出"人的高贵的灵魂必须拥有配得上它的精神生活"的观点。作者认为人类灵魂是神圣的，是"每个人最内在深邃的'自我'直接面对永恒，追问有限生命的不朽意义"。为了进一步阐释观点，作者说精神圣洁是衡量历史进步的重要一维，接着引用黑格尔的话阐明没有信仰、价值、敬畏的民族会变成一个吵闹的"市场"。"在一个精神遭到空前贬值的时代"，只有坚持做"精神贵族"，坦然于物质的清贫，在阅读和沉思中获得精神财富，这样才能提升"灵魂生活的质量"，做自己真正的国王。

朝圣的心路

——《各自的朝圣路》序

托尔斯泰年老的时候，一个美国女作家去拜访他，问他为什么不写作了，托尔斯泰回答说："这是无聊的事。书太多了，如今无论写出什么书出来也影响不了世界。即使基督再现，把《福音书》拿去付印，太太们也只是拼命想得到他的签名，别无其他。我们不应该再写书，而应该行动。"

近来我好像也常常有这样的想法。看见人们正以可怕的速度写书、编书、造书、"策划"（这个词已经堂而皇之地上了版权页）书，每天有无数的新书涌入市场，叫卖声震耳欲聋，转眼间又都销声匿迹，我不禁想：我再往其中增加一本有什么意义吗？

可是，我还是往其中增加了一本。

我如此为自己解嘲：我写作从来就不是为了影响世界，而只是为了安顿自己——让自己有事情做，活得有意义或者似乎有意义。所以，对于我来说，写作何尝不是一种行动呢。

托尔斯泰晚年之所以拒斥写作，是因为耻于知识界的虚伪，他决心与之划清界限，又愤于公众的麻木，他不愿再对爱慕虚荣的崇拜者说话。然而，事实上，托尔斯泰始终不是一个真正的社会活动家。他从前的文学创作也罢，后来的宣传宗教、上书沙皇、解放家奴、编写识字读本等所谓行动也罢，都是为了解决他自己灵魂的问题，是由不同的途径走向他心目中的那同一个上帝。正像罗曼·罗兰在驳斥所谓有前后两个截然不同的托尔斯泰的论调时所说的："只有一个托尔斯泰，我们爱他整个，因为我们本能地感到在这样的心魂中，一切都有立场，一切都有关联。"我相信，这立场就是他对人生真理的不懈寻求，这关联就是他一直在走着的同一条朝圣路。

但我还是要庆幸托尔斯泰一生主要是用写作的方式来寻找和接近他的上帝的，我们因此才得以辨认他的朝圣的心迹。我想说的是，我要庆幸世上毕竟有真正的好书，它们真实地记录了那些优秀灵魂的内在生活。不，不只是记录，当我读它们的时候，我鲜明地感觉到，作者在写它们的同时就是在过一种真正的灵魂生活。这些书多半是沉默的，可是我知道它们存在着，等着我去把它们一本本打开，无论打开哪一本，都必定会是一次新的难忘的经历。读了这些书，我仿佛结识了一个个不同的朝圣者，他们走在各自的朝圣路上。是的，世上有多少个朝圣者，就有多少条朝圣路。每一条朝圣的路都是每一个朝圣者自己走出来的，不必相同，也不可能相同。然而，只要你自己也是一个朝圣者，你就不会觉得这是一个缺陷，反而是一个鼓舞。你会发现，每个人正是靠自己的孤独的追求加入人类的精神传统的，而只要你的确走在自己的朝圣路上，你其实并不孤独。

本书是我 1996 年至 1998 年所发表的文章的一个结集。我给这本书取现在这个名字，一是因为其中我自己比较满意的文章几乎都是读了我所说的那些朝圣者的书而发的感想；二是因为我自己写作时心中悬着的对象常是隐藏在人群里的今日的朝圣者，不管世风如何浮躁，我始终读到他们存在的消息。当然，这个书名同时也是我对自己的一个鞭策，为我的写作立一标准。我对本书在总体上并不满意，但我还要努力。假如有一天写作真成了托尔斯泰所说的无聊的事，我就坚决搁笔，决不在这个文坛上瞎掺和下去。

1999.2

 **名师赏析**

　　本文是《各自的朝圣路》的序言，《各自的朝圣路》是周国平先生的一本散文集，里面比较满意的文章都是周先生读了那些精神朝圣者的书而发的感想。这些书多半是沉默的，但无论翻开哪一本，都是一次新的难忘的经历，比如阅读托尔斯泰的作品。阅读，就是结识朝圣者，并与他们一同行走。"世上有多少朝圣者，就有多少条路。"朝圣之路是孤独的，人世的浮华喧嚣、纷纷扰扰有时会扰乱我们那颗朝圣的心，我们会犹豫、迷茫、苦闷、彷徨……但只要你的确走在自己的朝圣路上，你其实并不孤独。人的一生，就是一段朝圣的旅程，而每一个人的心中，总有一片精神圣地，总会坚守着自己的一份信念与向往。

人不只属于历史

那个时代似乎离我们已经非常遥远了。当时，不仅在中国，而且在欧洲和全世界，人文知识分子大多充满着政治激情，它的更庄严的名称叫作历史使命感。那是在五十年代初期，第二次世界大战结束不久，世界刚刚分裂为两大阵营。就在那个时候，曾经积极参加抵抗运动的加缪发表了他的第二部散文风格的哲学著作《反抗者》，对历史使命感进行了清算。此举激怒了欧洲知识分子中的左派，直接导致了萨特与加缪的决裂，同时又招来了"右派"的喝彩，被视为加缪在政治上转向的铁证。两派的态度鲜明对立，却对加缪的立场发生了完全相同的误解。

当然，这毫不奇怪。两派都只从政治上考虑问题，而加缪恰恰是要为生命争得一种远比政治宽阔的视野。

加缪从对"反抗"概念做哲学分析开始。"反抗"在本质上是肯定的，反抗者总是为了捍卫某种价值才说"不"的。他要捍卫的这种价值并不属个人，而是被视为人性的普遍价值。因此，反抗使个人摆脱孤独。"我反抗，故我们存在。"这是反抗的意义所在。但其中也隐含着危险，便是把所要捍卫的价值绝对化。其表现之一，就是以历史的名义进行的反抗，即革命。

对卢梭的《社会契约论》的批判是《反抗者》中的精彩篇

章。加缪一针见血地指出，卢梭的这部为法国革命奠基的著作是新福音书，新宗教，新神学。革命的特点是要在历史中实现某种绝对价值，并且声称这种价值的实现就是人类的最终统一和历史的最终完成。这一现代革命概念肇始于法国革命。革命所要实现的那个绝对价值必定是抽象的，至高无上的，在卢梭那里，它就是与每个人的意志相分离的"总体意志"。"总体意志"被宣布为神圣的普遍理性的体现，因而作为这"总体意志"之载体的抽象的"人民"也就成了新的上帝。圣·鞠斯特进而赋予"总体意志"以道德含义，并据此把"任何在细节上反对共和国"亦即触犯"总体意志"的行为都宣判为罪恶，从而大开杀戒，用断头台来担保品德的纯洁。浓烈的道德化色彩也正是现代革命的特点之一，正如加缪所说："法国革命要把历史建立在绝对纯洁的原则上，开创了形式道德的新纪元。"而形式道德是要吃人的，它导致了无限镇压原则。它对心理的威慑力量甚至使无辜的受害者自觉有罪。我们由此而可明白，圣·鞠斯特本人后来从被捕到处死为何始终保持着沉默，斯大林时期冤案中的那些被告又为何几乎是满怀热情地给判处他们死刑的法庭以配合。在这里起作用的已经不是法律，而是神学。既然是神圣的"人民"在审判，受审者已被置于与"人民"相对立的位置上，因而在总体上是有罪的，细节就完全不重要了。

加缪并不怀疑诸如圣·鞠斯特这样的革命者的动机的真诚，问题也许恰恰出在这种可悲的真诚上，亦即对于原则的迷醉上。"醉心于原则，就是为一种不可能实现的爱去死。"革命者自命对于历史负有使命，要献身于历史的终极目标。可是，他们是从哪里获知这个终极目标的呢？雅斯贝尔斯指出：人处在历史中，所以不可能把握作为整体的历史。加缪引证了这一见解，进一步指出：因此，任何历史举动都是冒险，无权为任何绝对立场辩护。绝对的理性主义就如同绝对的虚无主义一样，也会把人类引向荒漠。

　　放弃了以某种绝对理念为依据的历史使命感，生活的天地就会变得狭窄了吗？当然不。恰好相反，从此以后，我们不再企图做为历史规定方向的神，而是在人的水平上行动和思想。历史不再是信仰的对象，而只是一种机会。人们不是献身于抽象的历史，而是献身于大地上活生生的生活。"谁献身于每个人自己的生命时间，献身于他保卫着的家园，活着的人的尊严，那他就是献身于大地并且从大地取得收获。"加缪一再说："人不只属于历史，他还在自然秩序中发现了一种存在的理由。""人们可能拒绝整个历史，而又与繁星和大海的世界相协调。"总之，历史不是一切，在历史之外，阳光下还绵亘着存在的广阔领域，有着人生简朴的幸福。

　　我领会加缪的意思是，一个人未必要充当某种历史角色才活得有意义，最好的生活方式是古希腊人那样的贴近自然和生命本身的生活。我猜想那些至今仍渴望进入历史否则便会感到失落的知识分子是不满意这种见解的，不过，我承认我自己是加缪的一个拥护者。

1996.8

　　一个人未必要充当某种历史角色才活得有意义，最好的生活方式是古希腊人那样的贴近自然和生命本身的生活。历史不是一切，在历史之外，阳光下还绵亘着存在的广阔领域，有着人生简朴的幸福。这是周国平先生在这篇哲理散文中给我们的启示。

　　古今中外，能够被多数人铭记的，或是力挽狂澜的英雄，抑或是造福一方的能人，他们定义了一段历史，更代表了一个时代，这些人固然活得有意义。但是，我们大多都是普通人，重复着平凡的工作，把每一项平凡工作做好就是不平凡，把每一项小事做好就是大事业，只要活出自己的精彩，生活同样富有意义。此外，生活高于历史，我们从生活的本源出发，也可以寻觅到人生的意义，感受到人生简朴的幸福。

苦难的精神价值

维克多·弗兰克是意义治疗法的创立者，他的理论已成为弗洛伊德、阿德勒之后维也纳精神治疗法的第三学派。第二次世界大战期间，他曾被关进奥斯维辛集中营，受尽非人的折磨，九死一生，只是侥幸地活了下来。在《活出意义来》这本小书中，他回顾了当时的经历。作为一名心理学家，他并非像一般受难者那样流于控诉纳粹的暴行，而是尤能细致地捕捉和分析自己的内心体验以及其他受难者的心理现象，许多章节读来饶有趣味，为研究受难心理学提供了极为生动的材料。不过，我在这里想着重谈的是这本书的另一个精彩之处，便是对苦难的哲学思考。

对意义的寻求是人的最基本的需要。当这种需要找不到明确的指向时，人就会感到精神空虚，弗兰克称之为"存在的空虚"。这种情形普遍地存在于当今西方的"富裕社会"。当这种需要有明确的指向却不可能实现时，人就会有受挫之感，弗兰克称之为"存在的挫折"。这种情形发生在人生的各种逆境或困境之中。

寻求生命意义有各种途径，通常认为，归结起来无非一是创造，以实现内在的精神能力和生命的价值；二是体验，借爱情、友谊、沉思、对大自然和艺术的欣赏等美好经历获得心灵的愉悦。那么，倘若一个人落入了某种不幸境遇，基本上失去了积极创造和正面体验的可能，他的生命是否还有一种意义呢？在这种情况下，人们一般是靠希望活着的，即相信或至少说服自己相信厄运终将过去，然后又能过一种有意义的生活。然而，第一，人生中会有一种可以称作绝境的境遇，所遭遇的苦难是致命的，或者是永久性的，人不复有未来，不复有希望。这正是弗兰克曾经陷入的境遇，因为对于奥斯维辛集中营的战俘来说，煤气室和焚尸炉几乎是不可逃脱的结局。我们还可以举出绝症患者，作为日常生活中的一个相关例子。如果苦难本身毫无价值，则一旦陷入此种境遇，我们就只好承认生活没有任何意义了。第二，不论苦难是否是暂时的，如果把眼前的苦难生活仅仅当作一种虚幻不实的生活，就会如弗兰克所说忽略了苦难本身所提供的机会。他以狱中亲历指出，这种态度是使大多数俘虏丧失生命力的重要原因，他们正因此而放弃了内在的精神自由和真实自我，意志消沉，一蹶不振，彻底成为苦难环境的牺牲品。

所以，在创造和体验之外，有必要为生命意义的寻求指出第三种途径，即肯定苦难本身在人生中的意义。一切宗教都很重视苦难的价值，但认为这种价值仅在于引人出世，通过受苦，人得以救赎原罪，进入天国（基督教），或看破红尘，遁入空门（佛教）。与它们不同，弗兰克的思路属于古希腊以来的人文主义传统，他是站在肯定人生的立场上来发现苦难的意义的。他指出，即使处在最恶劣的境遇中，人仍然拥有一种不可剥夺的精神自由，即可以选择承受苦难的方式。一个人不放弃他的这种"最后的内在自由"，以尊严的方式承受苦难，这种方式本身就是"一项实实在在的内在成就"，因为它所显示的不只是一种个人品质，而且是整个人性的高贵和尊严，证明了这种尊严比任何苦难更有力，是世间任何力量不能将它剥夺的。正是由于这个原因，在人类历史上，伟大的受难者如同伟大的创造者一样受到世世代代的敬仰。也正是在这个意义上，陀斯妥耶夫斯基说出了这句耐人寻味的话："我只担心一件事，就是怕我配不上我所受的苦难。"

我无意颂扬苦难。如果允许选择，我宁要平安的生活，得以自由自在地创造和享受。但是，我赞同弗兰克的见解，相信苦难的确是人生的必含内容，一旦遭遇，它也的确提供了一种机会。人性的某些特质，唯有借此机会才能得到考验和提高。一个人通过承受苦难而获得的精神价值是一笔特殊的财富，由于它来之不易，就决不会轻易丧失。而且我相信，当他带着这笔财富继续生活时，他的创造和体验都会有一种更加深刻的底蕴。

1996.10

名师赏析

这篇文章着重阐述周国平先生对于苦难的理解和思考，充满了哲学的光辉。维克多·弗兰克（奥地利心理学家）二战时曾被关入奥斯维辛集中营，他对苦难和绝境的思考和理解，是从自身经历有感而发的。周国平先生认为，寻求生命意义有三种途径，一是创造，以实现内在的精神能力和生命的价值；二是体验，以美好经历获得心灵的愉悦；三是肯定苦难在人生中的意义。

我们有可能面临的最严重的苦难，就是将来不可预知的突然变故，如天灾、车祸，或是难以逾越的疾病等等，"凡是人间的灾难，无论落到谁头上，谁都得受着，而且都受得了——只要他不死。"承受苦难与享受幸福一样，也是人生的宝贵经历，能面对苦难和灾祸，在心理上战而胜之，就是苦难给予我们的精神价值。

人的高贵在于灵魂

　　法国思想家帕斯卡尔有一句名言："人是一支有思想的芦苇。"他的意思是说，人的生命像芦苇一样脆弱，宇宙间任何东西都能置人于死地。可是，即使如此，人依然比宇宙间任何东西高贵得多，因为人有一颗能思想的灵魂。我们当然不能也不该否认肉身生活的必要，但是，人的高贵却在于他有灵魂生活。作为肉身的人，人并无高低贵贱之分。唯有作为灵魂的人，由于内心世界的巨大差异，人才分出了高贵和平庸，乃至高贵和卑鄙。

　　两千多年前，罗马军队攻进了希腊的一座城市，他们发现一个老人正蹲在沙地上专心研究一个图形。他就是古代最著名的物理学家阿基米德。他很快便死在了罗马军人的剑下，当剑朝他劈来时，他只说了一句话："不要踩坏我的圆！"在他看来，他画在地上的那个图形是比他的生命更加宝贵的。更早的时候，征服了欧亚大陆的亚历山大大帝视察希腊的另一座城市，遇到正躺在地上晒太阳的哲学家第欧根尼，便问他："我能替你做些什么？"得到的回答是："不要挡住我的阳光！"在他看来，面对他在阳光下的沉思，亚历山大大帝的赫赫战功显得无足轻重。这两则传为千古美谈的小故事表明了古希腊优秀人物对于灵魂生活的珍爱，他们爱思想胜于爱一切，包括自己的生命，把灵魂生活看得比任何外在的事物（包括显赫的权势）更加高贵。

珍惜内在的精神财富甚于外在的物质财富，这是古往今来一切贤哲的共同特点。英国作家王尔德到美国旅行，入境时，海关官员问他有什么东西要报关，他回答："除了我的才华，什么也没有。"使他引以自豪的是，他没有什么值钱的东西，但他拥有不能用钱来估量的艺术才华。正是这位骄傲的作家在他的一部作品中告诉我们："世间再没有比人的灵魂更宝贵的东西，任何东西都不能跟它相比。"

其实，无需举这些名人的事例，我们不妨稍微留心观察周围的现象。我常常发现，在平庸的背景下，哪怕是一点不起眼的灵魂生活的迹象，也会闪放出一种很动人的光彩。

有一回，我乘车旅行。列车飞驰，车厢里闹哄哄的，旅客们在聊天、打牌、吃零食。一个少女躲在车厢的一角，全神贯注地读着一本书。她读得那么专心，还不时地往随身携带的一个小本子上记些什么，好像完全没有听见周围嘈杂的人声。望着她仿佛沐浴在一片光辉中的安静的侧影，我心中充满感动，想起了自己的少年时代。那时候我也和她一样，不管置身于多么混乱的环境，只要拿起一本好书，就会忘记一切。如今我自己已经是一个作家，出过好几本书了，可是我却羡慕这个埋头读书的少女，无限缅怀已经渐渐远逝的有着同样纯正追求的我的青春岁月。

每当北京举办世界名画展览时，便有许多默默无闻的青年画家节衣缩食，自筹旅费，从全国各地风尘仆仆来到首都，在名画前流连忘返。我站在展厅里，望着这一张张热忱仰望的年轻的面孔，心中也会充满感动。我对自己说：有着纯正追求的青春岁月的确是人生最美好的岁月。

　　若干年过去了，我还会常常不由自主地想起列车上的那个少女和展厅里的那些青年，揣摩他们现在不知怎样了。据我观察，人在年轻时多半是富于理想的，随着年龄增长就容易变得越来越实际。由于生存斗争的压力和物质利益的诱惑，大家都把眼光和精力投向外部世界，不再关注自己的内心世界。其结果是灵魂日益萎缩和空虚，只剩下了一个在世界上忙碌不止的躯体。对于一个人来说，没有比这更可悲的事情了。我暗暗祝愿他们仍然保持着纯正的追求，没有走上这条可悲的路。

1996.10

 **名师赏析**

　　周国平先生在文章中漫谈古希腊罗马时期先贤阿基米德、第欧根尼，近代英国作家王尔德珍爱灵魂生活的故事，告诉我们：古往今来的一切贤哲都更注重内在的精神财富。然而并不只有伟人才有高贵的灵魂，在闹哄哄的车厢中专心读书的女孩，她的灵魂同样熠熠生辉。人的高贵不在于他的地位、荣誉、金钱，而在于无论身处怎样的环境，仍能保持纯正的追求，仍能孜孜不倦地丰盈自己的精神世界，让灵魂

高贵。

　　正如周先生所说："在平庸的背景下，哪怕是一点不起眼的灵魂生活的迹象，也会闪放出一种很动人的光彩。"对美好事物的珍惜，对弱者的尊重，对理想的执著，这些都会令我们的灵魂高贵。愿阅读的你，透过生活的喧嚣与浮躁，找到散落其中令灵魂生辉的诗意。

世上本无奇迹

《鲁滨逊漂流记》出版二百周年之际，弗吉尼亚·伍尔夫发表感想说，她觉得这本书像是一部万古常新的无名氏作品，而不像是若干年前某个人的精心之作，因此，要庆祝它的生日，就像庆祝史前巨石柱的生日一样令人感到奇怪。这话道出了我们读某些经典名著时的共同感觉。当然，即使在经典名著中，这样的作品也是不多的，而《鲁滨逊漂流记》也许是最有代表性的一部。

故事本身是尽人皆知的，它涉及一桩奇遇：鲁滨逊在荒无人烟的孤岛上生活了二十八年，终于活着回到了人群中。可是，知道这个故事与读这本书完全是两回事。如果你仅仅知道故事梗概而不去读这本书，你将错过最重要的东西。一部伟大的小说，其所以伟大之处不在故事本身，而在对故事的叙述。在笛福笔下，鲁滨逊的孤岛奇遇是由许许多多丝毫不是奇遇的具体事件和平凡细节组成的，他只是从容道来，丝毫不加渲染，一切都好像是事情自己在那里发生着。他的叙事语言朴实，准确，宛若自然天成，因此极有力量，使我们几乎不可能怀疑他所叙述的事情的真实性。我们仿佛身历其境地看到，只身落在荒岛上的鲁滨逊怎样由惊恐而到渐渐适应，在习惯了孤独以后，又怎样因为在沙滩上发现人的脚印而感到新的惊恐。我们看到他为了排除寂寞，怎样辛勤地营建自己的小窝，例如怎样花费四十二天工夫把一棵大树做成一块简陋的搁板。我们会觉得，这一切都是十分真实的，倘若我们落入那个境遇里，我们也会那样反应和那样做。鲁滨逊能够在孤岛上活下来，靠的不是超自然的奇迹，而是生存本能和一点好运气罢了。

在过去的评论中，人们常常强调笛福是资产阶级的代言人，小说的主旨是鼓吹勤劳求生和致富。在我看来，即使这部小说含有道德训诫的意思，也绝非如此肤浅。在现实生活中，笛福是一个很入世的人，曾经经商、从政、办刊物，在每一个领域都折腾得很厉害，大起大落，最后失败得也很惨，是一个喜欢折腾又历尽坎坷的人。他自己总结说："谁也没有经受过这么多命运的拨弄，我曾经十三回穷了又富，富了又穷。"到了晚年，他才开始写小说。使我感到有趣的是，就是这样一个人，却借了鲁滨逊的眼光，表达了对俗世的一种超脱和批评的立场。在远离世界并且毫无返回希望的情形下，鲁滨逊发现自己看世界的眼光完全变了。他的眼光的变化，我认为最有价值的是两点。一是对财富的看法。由于他碰巧落在一个物产丰富的岛上，加上他的勤勉，他称得上很富有了。可是他发现，财富再多，他所能享受的也只是自己能够使用的部分，而这个部分是非常有限的，其余多出的部分对于他没有任何实际价值。由此他意识到，世人的贪婪乃是出于虚荣，而非出于真实的需要。另一是对宗教的看法。如果说他还是一个基督徒的话，他的宗教信仰也变得极其单纯了，仅限于从上帝的仁慈中寻求活下去的勇气和安宁的心境。由此他回想人世间宗教上的一切烦琐的争执，看破了它们的毫无意义。我相信在这两点认识中包含着某种基本的真理。世上种种纷争，或是为了财富，或是为了教义，不外乎利益之争和观念之争。当我们身在其中时，我们不免很看重。但是，我们每一个人都迟早要离开这个世界，并且绝对没有返回的希望。在这个意义上，我们不妨也用鲁滨逊的眼光来看一看世界，这会帮助我们分清本末。我们将发现，我们真正需要的物质产品和真正值得我们坚持的精神原则都是十分有限的，在单纯的生活中包含着人生的真谛。

孤岛遐想是现代人喜欢做的一个游戏。只身一人漂流到了一座孤岛上，这种情景对于想象力是一个刺激。不过，我们的想象力往往底气不足，如果没有某种浪漫的奇迹来救助，便难以为继。最后，也就只好满足于带什么书去读、什么音乐去听之类的小情调而已。在鲁滨逊的孤岛上也没有奇迹。那里不是桃花源，没有乌托邦式的社会实验。那里不是伊甸园，没有女人和艳遇。鲁滨逊在他的孤岛上所做的事情在人类历史上其实是经常发生的，这就是凭借从一个文明社会中抢救出的少许东西，重新开始建立这个文明社会。世上本无奇迹，但世界并不因此而失去了魅力。我甚至相信，人最接近上帝的时刻不是在上帝向人显示奇迹的时候，而是在人认识到世上并无奇迹却仍然对世界的美丽感到惊奇的时候。

1998.1

笛福一生"十三回穷了又富，富了又穷"，是奇迹。但这位很入世的人借鲁滨逊的故事，表达对世俗的超脱和批判，不加渲染地从容道来，又不像奇迹。

杨绛先生曾经写过一句话："当你身居高位时，看到的都是浮华春梦；当你身处卑微，才有机缘看到世态真相。"鲁滨逊在荒岛生活二十八年，远离尘世的喧嚣，历经惊恐与孤独、看不到返回的希望、已不期待奇迹发生之后，才得以看到生活的单纯和本真。财富并非你真正需要，虚荣心才是让你贪婪的罪魁祸首……

周国平先生说：人生最好的境界是丰富的宁静。笛福经历大起大落的人生，在晚年静静地讲这个荒岛求生的故事，是丰富的宁静，不是奇迹。奇迹是"人认识到世上并无奇迹却仍然对世界的美丽感到惊奇的时候"。

另一个韩愈

去年某月，到孟县参加一个笔会。孟县是韩愈的故乡，于是随身携带了一本他的集子，作为旅途消遣的读物。小时候就读过韩文，也知道他是"文起八代之衰"的大文豪，但是印象里他是儒家道统的卫道士，又耳濡目染五四以来文人学者对他的贬斥，便一直没有多读的兴趣。未曾想到，这次在旅途上随手翻翻，竟放不下了，仿佛发现了另一个韩愈，一个深通人情、明察世态的韩愈。

譬如说那篇《原毁》，最早是上中学时在语文课本里读到的，当时还背了下来。可是，这次重读，才真正感觉到，他把毁谤的根源归结为懒惰和嫉妒，因为懒惰而自己不能优秀，因为嫉妒而怕别人优秀，这是多么准确。最有趣的是他谈到自己常常做一种试验，方式有二。其一是当众夸不在场的某人，结果发现，表示赞同的只有那人的朋党、与那人没有利害竞争的人以及惧怕那人的人，其余的一概不高兴。其二是当众贬不在场的某人，结果发现，不表赞同的也不外上述三种人，其余的一概兴高采烈。韩愈有这种恶作剧的心思和举动，我真觉得他是一个聪明可爱的人。我相信，一定会有一些人联想起自己的类似经验，发出会心的一笑。

安史之乱时，张巡、许远分兵坚守睢阳，一年后兵尽粮绝，城破殉难。由于城是先从许远所守的位置被攻破的，许远便多遭诟骂，几被目为罪人。韩愈在谈及这段史实时替许远不平，讲了一个很简单的道理：人之将死，其器官必有先得病的，因此而责怪这先得病的器官，也未免太不明事理了。接着叹道："小人之好议论，不乐成人之美如是哉！"这个小例子表明韩愈的心态何其正常平和，与那些好唱高调整人的假道学不可同日而语。

在《与崔群书》中，韩愈有一段话论人生知己之难得，也是说得坦率而又沉痛。他说他平生交往的朋友不算少，浅者不去说，深者也无非是因为同事、老相识、某方面兴趣相同之类表层的原因，还有的是因为一开始不了解而来往已经密切，后来不管喜欢不喜欢也只好保持下去了。我很佩服韩愈的勇气，居然这么清醒地解剖自己的朋友关系。扪心自问，我们恐怕都不能否认，世上真正心心相印的朋友是少而又少的。

至于那篇为自己的童年手足、与自己年龄相近却早逝的侄儿十二郎写的祭文，我难以描述读它时的感觉。诚如苏东坡所言，"其惨痛悲切，皆出于至情之中"，读了不掉泪是不可能的。最崇拜他的欧阳修则好像不太喜欢他的这类文字，批评他"其心欢戚，无异庸人"。可是，在我看来，常人的真情达于极致正是伟大的征兆之一。这样一个内心有至情、又能冷眼看世相人心的韩愈，虽然一生挣扎于宦海，却同时向往着"与其有誉于前，孰若无毁于后，与其有乐于身，孰若无忧于心"的隐逸生活，我对此是丝毫不感到奇怪的。可惜的是，实际上，他忧患了一生，死后仍摆脱不了无尽的毁誉。在孟县时，我曾到韩愈墓凭吊，墓前有两棵枝叶苍翠的古柏，我站在树下默想：韩愈的在天之灵一定像这些古柏一样，淡然观望着他身后的一切毁誉吧。

1998.6

 **名师赏析**

　　读经典作品，常读常新；透过作品，读作者，也会有新的认识。韩愈，不只疾呼伯乐识马，也不只"欲为圣明除弊事"，其实还是一个"深通人情、明察世态""聪明可爱"的人。

　　在周国平先生眼中，韩愈不再只是正襟危坐的士大夫形象，是接地气的至情至真之人。他入木三分地讲"怠"和"忌"的危害，幽默的观察与试验让人忍俊不禁又发人深省；他心态平和地感叹小人"不成人之美"，不故作姿态不人云亦云；他坦率诚恳地与朋友互勉"无怠无忌"，他悲痛哀悼侄儿"言有穷而情不可终"，都是大丈夫真性情。韩愈，用我们现在的话来说，就是看清了生活的真相后依然热爱生活的人。

　　"与其有誉于前，孰若无毁于后；与其有乐于身，孰若无忧于心。"（《送李愿归盘谷序》）

我需要回到我自己

——《安静》序

本书是我从 1999 年到现在的散文的完整结集。将近四年的时间，我发表的文字只有十多万字，未免少了一些。不过，我早就不以发表来估量我的写作，更不以写作来估量我的生活了。当我酝酿和从事一项较大的工作时，我已能克制自己不去写那些马上发表的东西。当我坐在电脑前忙碌而我的女儿却希望我陪她玩儿时，我也清楚什么是更聪明的选择。

曾经有一个时期，我疲于应付刊物的约稿和媒体的采访。我对那种状态很不喜欢，但我不是一个善于拒绝的人，只好在内心里盼望一个机会，能够强使我结束这种状态。1999 年，我应聘在德国海德堡大学任客座教授，在那半年里，客观上与国内的媒体拉开了距离，编辑和记者们找不到我了。当时我知道，我所盼望的机会来了。回国后，我横下了一条心，对于约稿、采访以及好事者组织的各种会议一律拒绝，真感到耳根和心地都清净了。据说有所谓名人效应：你越有名，媒体和公众就越是关注和包围你，结果你就更有名了。现在我发现相反的规律同样成立：你一旦自愿或不自愿地离开聚光灯的照耀，聚光灯当然是不会闲着的，立刻会有新的名人取代你成为被关注和包围的中心，而你就越来越隐入了被遗忘的暗处。我不无满意地看到这一"褪名效应"正在我的身上发生。我的天性不算自信，但我拥有的自信恰好达到这个程度，使我能够不必在乎外界是否注意我。

我当然不是一个脱俗到了拒绝名声的人，但是，比名声更重要的是，我需要回到我自己。我必须为自己的心灵保留一个自由的空间，一种内在的从容和悠闲。唯有保持这样一种内在状态，我在写作时才能真正品尝到精神的快乐。我的写作应该同时也是我的精神生活，两者必须合一，否则其价值就要受到怀疑。无论什么东西威胁到了我所珍惜的这种内在状态，我只能坚决抵制。说到底，这也只是一种权衡利弊，一种自我保护罢了。

摒弃了外来的催逼，写作无疑少了一种刺激，但我决心冒这个险。如果我的写作缺乏足够的内在动力，就让我什么也不写，什么也写不出好了。一种没有内在动力的写作不过是一种技艺，我已经发现，人一旦掌握了某种技艺，就很容易受这种技艺的限制和支配，像工匠一样沉湎其中，以为这就是人生意义之所在，甚至以为这就是整个世界。可是，跳出来看一看，世界大得很，无论在何种技艺中生活一辈子终归都是可怜的。最重要的还是要有充实完整的内在生活，而不是写作或别的什么。如果没有，身体在外部世界里做什么都无所谓，写作、绘画、探险、行善等等都没有根本的价值。反之，一个人就可以把所有这些活动当作他的精神生活的形式。到目前为止，我仍相信写作是最适合于我的方式，可是谁知道呢，说不定我的想法会改变，有一天我会换一种方式生活。

当今膨胀的媒体对于稿件的需求几乎是无限的，如果有求必应，我必完蛋无疑。我要努力做到的是保证基本写作状态的健康，这样来分配我的精力：首先用于写不发表的东西，即我的私人笔记，它是我的精神生活的第一现场，也是我的思想原料仓库；其次用于写将来发表的东西，那应该是一些比较大而完整的作品；再次只允许花最少的精力写马上发表的东西，即适合于媒体用的文字，并且也要以言之有物为前提。我一定这样做。

2002.8

 **名师赏析**

　　本文是周国平散文集《安静》的序言，作者在文中写道："我当然不是一个脱俗到了拒绝名声的人，但是，比名声更重要的是，我需要回到我自己。"一个意识到必须找回自己的作家，是值得期待和尊敬的。既不能不问世事，也不能沉浸于俗世，迷失了自我，这是周国平教给我们的人生智慧。在生活中，我们时不时都要倾听内心的声音，找回最初的自己，重获生活的热情，为自己的心灵保留一个自由的空间，保持一种内在的从容，才能真正品尝到精神的快乐。《安静》这本集子里，作者给我们讲述人生的真谛，讲爱与关怀，讲对社会、对生活的种种思考，展现的人生体验与读者所关切的世间感悟，构筑成一个安静的世界。

让世界适合于小王子们居住

——为《小王子》新译本写的序

像《小王子》这样的书，本来是不需要有一篇序言的，不但不需要，而且不可能有。莫洛亚曾经表示，他不会试图去解释《小王子》中的哲理，就像人们不对一座大教堂或布满星斗的天穹进行解释一样。我也不会无知和狂妄到要给天穹写序，所能做的仅是借这个新译本出版之机，再一次表达我对圣爱克苏贝里的这部天才之作的崇拜和热爱。

我说《小王子》是一部天才之作，说的完全是我自己的真心感觉，与文学专家们的评论无关。我甚至要说，它是一个奇迹。世上只有极少数作品，如此精美又如此质朴，如此深刻又如此平易近人，从内容到形式都几近于完美，却不落丝毫斧凿痕迹，宛若一块浑然天成的美玉。

令我感到不可思议的一件事是，一个人怎么能够写出这样美妙的作品。令我感到不可思议的另一件事是，一个人翻开这样一本书，怎么会不被它吸引和感动。我自己许多次翻开它时都觉得新鲜如初，就好像第一次翻开它时觉得一见如故一样。每次读它，免不了的是常常含着泪花微笑，在惊喜的同时又感到辛酸。我知道许多读者有过和我相似的感受，我还相信这样的感受将会在更多的读者身上得到印证。

按照通常的归类，《小王子》被称作哲理童话。你们千万不要望文生义，设想它是一本给孩子们讲哲学道理的书。一般来说，童话是大人讲给孩子听的故事。这本书诚然也非常适合于孩子们阅读，但同时更是写给某一些成人看的。用作者的话来说，它是献给那些曾经是孩子并且记得这一点的大人的。我觉得比较准确的定位是，它是一个始终葆有童心的大人对孩子们、也对与他性情相通的大人们说的知心话，他向他们讲述了对于成人世界的观感和自己身处其中的孤独。

的确，作者的讲述饱含哲理，但他的哲理决非抽象的观念和教条，所以我们无法将其归纳为一些简明的句子而又不使之受到损害。譬如说，我们或许可以把全书的中心思想归结为一种人生信念，便是要像孩子们那样凭真性情直接生活在本质之中，而不要像许多成人那样为权力、虚荣、占有、职守、学问之类表面的东西无事空忙。可是，倘若你不是跟随小王子到各个星球上去访问一下那个命令太阳在日落时下降的国王，那个请求小王子为他不断鼓掌然后不断脱帽致礼的虚荣迷，那个热衷于统计星星的数目并将之锁进抽屉里的商人，那个从不出门旅行的地理学家，你怎么能够领会孩子和作者眼中功名利禄的可笑呢？倘若你不是亲耳听见作者谈论大人们时的语气——例如，他谈到大人们热爱数目字，如果你对他们说起一座砖房的颜色、窗台上的花、屋顶上的鸽子，他们就无动于衷，如果你说这座房子值十万法郎，他们就会叫起来："多么漂亮的房子啊！"他还告诉孩子们，大人们就是这样的，孩子们对他们应该宽宏大量——你不亲自读这些，怎么能够体会那讽刺中的无奈，无奈中的悲凉呢？

我还可以从书中摘录一些精辟的句子，例如："正因为你在你的玫瑰身上花费了时间，这才使她变得如此名贵。""使沙漠变得这样美丽的，是它在什么地方隐藏着一眼井。"可是，这样的句子摘不胜摘，而要使它们真正属于你，你就必须自己去摘取。且把这本小书当作一朵玫瑰，在她身上花费你的时间，且把它当作一片沙漠，在它里面寻找你的井吧。我相信，只要你把它翻开来，读下去，它一定会对你也变得名贵而美丽。

　　圣爱克苏贝里一生有两大爱好：飞行和写作。他在写作中品味人间的孤独，在飞行中享受四千米高空的孤独。《小王子》是他生前出版的最后一本书，出版一年后，他在一次驾机执行任务时一去不复返了。没有人知道他去了哪里，在地球上再也没有发现他的那架飞机的残骸。我常常觉得，他一定是到小王子所住的那个小小的星球上去了，他其实就是小王子。

　　有一年夏天，我在巴黎参观先贤祠。先贤祠的宽敞正厅里只有两座坟墓，分别埋葬着法兰西精神之父伏尔泰和卢梭，唯一的例外是有一面巨柱上铭刻着圣爱克苏贝里的名字。站在那面巨柱前，我为法国人对这个大孩子的异乎寻常的尊敬而感到意外和欣慰。当时我心想，圣爱克苏贝里诞生在法国并非偶然，一个懂得《小王子》作者之伟大的民族有多么可爱。我还想，应该把《小王子》译成各种文字，印行几十亿册，让世界上每个孩子和每个尚可挽救的大人都读一读，这样世界一定会变得可爱一些，会比较适合于不同年龄的小王子们居住。

2000.8

　　《小王子》是圣爱克苏贝里生前出版的最后一本书，周国平先生借新译本出版之机，再一次表达了对这部天才之作的赞赏和热爱。它是一本以儿童的视角去展现和剖析成人世界的书，它是一个始终葆有童心的大人对孩子们、也对与他性情相通的大人们说的知心话。如此精美又如此质朴，如此深刻又如此平易近人。这位来自某颗遥远小星球的小王子机缘巧合地进行了一场"星际旅行"，用他儿童的视角却道出了"成年人世界"问题的核心。作家尹建莉说，《小王子》文字不多，却蕴含着关于生命、生活、友情、爱情、死亡等终极意义的探索和追问。如果我们每一次读它时都能感觉新鲜如初，常常含着泪花与微笑，我们相信会有一个更可爱的世界，适合于不同年龄的小王子们居住。

纪念所掩盖的

在尼采逝世一百周年的日子来临之际，世界各地的哲学教授们都在筹备纪念活动。对于这个在哲学领域发生了巨大影响的人物，哲学界当然有纪念他的充足理由。我的担心是，如果被纪念的真正是一位精神上的伟人，那么，任何外在的纪念方式都可能与他无关，而成了活着的人的一种职业性质的或者新闻性质的热闹。

我自己做过一点尼采研究，知道即使从学理上看，尼采的哲学贡献也是非常了不起的。打一个比方，西方哲学好像一个长途跋涉的寻宝者，两千年来苦苦寻找着一件据认为性命攸关的宝物——世界的某种终极真理，康德把这个人唤醒了，喝令他停下来，以令人信服的逻辑向他指出，他所要寻找的宝物藏在一间凭人类的能力绝对进入不了的密室里。于是，迷途者一身冷汗，颓然坐在路旁，失去了继续行走的目标和力量。这时候尼采来了，向迷途者揭示了一个更可怕的事实：那件宝物根本就不存在，连那间藏宝物的密室也是康德杜撰出来的。但是，他接着提醒这个绝望的迷途者：世上本无所谓宝物，你的使命就是为事物的价值立法，创造出能够神化人类生存的宝物。说完这话，他越过迷途者，向道路尽头的荒野走去。迷途者望着渐渐隐入荒野的这位先知的背影，若有所悟，站起来跟随而行，踏上了寻找另一种宝物的征途。

在上述比方中，我大致概括了尼采在破和立两个方面的贡献，即一方面最终摧毁了始自柏拉图的西方传统形而上学，另一方面开辟了立足于价值重估对世界进行多元解释的新方向。不能不提及的是，在这破立的过程中，他充分显示了自己的哲学天才。譬如说，他对现象是世界唯一存在方式的观点的反复阐明，他对语言在形而上学形成中的误导作用的深刻揭露，表明他已经触及了二十世纪两个最重要的哲学运动——现象学和语言哲学——的基本思想。

然而，尼采最重要的意义还不在于学理的探讨，而在于精神的示范。他是一个真正把哲学当作生命的人。我始终记着他在投身哲学之初的一句话："哲学家不仅是一个大思想家，而且也是一个真实的人。"这句话是针对康德的。康德证明了形而上学作为科学真理的不可能，尼采很懂得这一论断的分量，指出它是康德之后一切哲学家都无法回避的出发点。令他不满甚至愤慨的是，康德对自己的这个论断抱一种不偏不倚的学者态度，而康德之后的绝大多数哲学家也就心安理得地放弃了对根本问题的思考，只满足于枝节问题的讨论。在尼采看来，对世界和人生的某种最高真理的寻求乃是灵魂的需要，因而仍然是哲学的主要使命，只是必须改变寻求的路径。因此，他一方面是传统形而上学的无情批判者，另一方面又是怀着广义的形而上学渴望的热情探索者。如果忽视了这后一方面，我们就可能在纪念他的同时把他彻底歪曲。

我的这种担忧是事出有因的。当今哲学界的时髦是所谓后现代，而且各种后现代思潮还纷纷打出尼采的旗帜，在这样的热闹中，尼采也被后现代化了。于是，价值重估变成了价值虚无，解释的多元性变成了解释的任意性，酒神精神变成了佯醉装疯。后现代哲学家把反形而上学的立场推至极端，被解构掉的不仅是世界本文，而且是哲学本身。尼采要把哲学从绝路领到旷野，再在旷野上开出一条新路，他们却兴高采烈地撺掇哲学吸毒和自杀，可是他们居然还自命是尼采的精神上的嫡裔。尼采一生不断生活在最高问题的风云中，孜孜于为世界和人生寻找一种积极的总体解释，与他们何尝有相似之处。据说他们还从尼采那里学来了自由的文风，然而，尼采的自由是涌流，是阳光下的轻盈舞蹈，他们的自由却是拼贴，是彩灯下的胡乱手势。依我之见，尼采在死后的一百年间遭到了两次最大的歪曲，第一次是被法西斯化，第二次便是被后现代化。我之怀疑后现代哲学家还有一个理由，就是他们太时髦了。他们往往是一些喜欢在媒体上露面的人。尼采生前的孤独是尽人皆知的。虽说时代不同了，但是，一个哲学家、一种哲学变成时髦终究是可疑的事情。

两年前，我到过瑞士境内一个名叫西尔斯·玛丽亚的小镇，尼采曾在那里消度八个夏天，现在他居住过的那栋小楼被命名为尼采故居。当我进到里面参观，看着游客们购买各种以尼采的名义出售的纪念品时，不禁心想，所谓纪念掩盖了多少事实真相啊。当年尼采在这座所谓故居中只是一个贫穷的寄宿者，双眼半盲，一身是病，就着昏暗的煤油灯写着那些没有一个出版商肯接受的著作，勉强凑了钱自费出版以后，也几乎找不到肯读的人。他从这里向世界发出过绝望的呼喊，但无人应答，正是这无边的沉默和永久的孤独终于把他逼疯了。而现在，人们从世界各地来这里参观他的故居，来纪念他。真的是纪念吗？西尔斯·玛丽亚是阿尔卑斯山麓的一个风景胜地，对于绝大多数游客来说，所谓尼采故居不过是一个景点，所谓参观不过是一个旅游节目罢了。

所以，在尼采百年忌日来临之际，我心怀猜忌地远离各种外在的纪念仪式，宁愿独自默温这位真实的人的精神遗产。

2000.8

名师赏析

尼采在哲学上的贡献是巨大的，他是传统的形而上学的无情批判者，是广义的形而上学的热情探索者，他把哲学从绝路领到旷野，再在旷野上开出一条新路。他是一个真正把哲学当作生命的人。他活着时，既贫困，又孤独。在尼采逝世一百周年时，世界各地的哲学教授们都在筹备纪念活动，显得极热闹。作者认为，当代哲学界是追求时髦，普通人也是凑热闹，并不了解有关尼采的事实与真相。

周国平说，他要远离这看似隆重的纪念仪式，宁愿独自默温尼采这位真实的人的精神遗产。我们所处的时代，伟人不少，纪念不止，值得我们思考的是，我们应该用什么样的方式纪念他们，怎样做才是最好的纪念呢？

成功的真谛

在通常意义上，成功指一个人凭自己的能力做出了一番成就，并且这成就获得了社会的承认。成功的标志，说穿了，无非是名声、地位和金钱。这个意义上的成功当然也是好东西。世上有人淡泊于名利，但没有人会愿意自己彻底穷困潦倒，成为实际生活中的失败者。歌德曾说："勋章和头衔能使人在倾轧中免遭挨打。"据我的体会，一个人即使相当超脱，某种程度的成功也仍然是好事，对于超脱不但无害反而有所助益。当你在广泛的范围里得到了社会的承认，你就更不必在乎在你所隶属的小环境里的遭遇了。众所周知，小环境里往往充满短兵相接的琐屑的利益之争，而你因为你的成功便仿佛站在了天地比较开阔的高处，可以俯视从而以此方式摆脱这类渺小的斗争。

但是，这样的俯视毕竟还是站得比较低的，只不过是恃大利而弃小利罢了，仍未脱利益的计算。真正站得高的人应该能够站到世间一切成功的上方俯视成功本身。一个人能否做出被社会承认的成就，并不完全取决于才能，起作用的还有环境和机遇等外部因素，有时候这些外部因素甚至起决定性作用。单凭这一点，就有理由不以成败论英雄。我曾经在边远省份的一个小县生活了将近十年，如果不是大环境发生变化，也许会在那里"埋没"终生。我常自问，倘真如此，我便比现在的我差许多吗？我不相信。当然，我肯定不会有现在的所谓成就和名声，但只要我精神上足够富有，我就一定会以另一种方式收获自己的果实。成功是一个社会概念，一个直接面对上帝和自己的人是不会太看重它的。

　　我的意思是说，成功不是衡量人生价值的最高标准，比成功更重要的是，一个人要拥有内在的丰富，有自己的真性情和真兴趣，有自己真正喜欢做的事。只要你有自己真正喜欢做的事，你就在任何情况下都会感到充实和踏实。那些仅仅追求外在成功的人实际上是没有自己真正喜欢做的事的，他们真正喜欢的只是名利，一旦在名利场上受挫，内在的空虚就暴露无遗。照我的理解，把自己真正喜欢做的事做好，尽量做得完美，让自己满意，这才是成功的真谛，如此感到的喜悦才是不掺杂功利考虑的纯粹的成功之喜悦。当一个母亲生育了一个可爱的小生命，一个诗人写出了一首美妙的诗，所感觉到的就是这种纯粹的喜悦。当然，这个意义上的成功已经超越于社会的评价，而人生最珍贵的价值和最美好的享受恰恰就寓于这样的成功之中。

2000.11

人人都渴望成功，然而每个人对成功的诠释却不同。大多数人认为的成功是和获取金钱、地位、权力分不开的，这仿佛成了证明自己价值的唯一标准。周国平先生说："成功不是衡量人生价值的最高标准，比成功更重要的是，一个人要拥有内在的丰富，有自己的真性情和真兴趣，有自己真正喜欢做的事"。

听从内心的召唤，通过发现自己丰富的内心世界也能变得富有。真正的成功永远是内心世界的成功，只有对外部世界的探索与对内心世界的尊重，我们才能认识自己，修炼自己，完善自己。当我们认真对待我们的需求与梦想时，我们就能发挥自己的天赋，创造出无限的可能。把自己真正喜欢做的事做好，尽量做得完美，让自己满意并服务于他人和社会，这就是成功的真谛。

孤岛断想

一、灵魂只能独行

我是与一个集体一起来到这个岛上的。我被编入了这个集体，是这个集体的一员。在我住在岛上的全部日子里，我都不能脱离这个集体。可是，我知道，我的灵魂不和这个集体在一起。我还知道，任何一个人的灵魂都不可能和任何一个集体在一起。

灵魂永远只能独行。当一个集体按照一个口令齐步走的时候，灵魂不在场。当若干人朝着一个具体的目的地结伴而行时，灵魂也不在场。不过，在这些时候，那缺席的灵魂很可能就在不远的某处，你会在众声喧哗之时突然听见它的清晰的足音。

即使两人相爱，他们的灵魂也无法同行。世间最动人的爱仅是一颗独行的灵魂与另一颗独行的灵魂之间的最深切的呼唤和应答。

灵魂的行走只有一个目标，就是寻找上帝。灵魂之所以只能独行，是因为每一个人只有自己寻找，才能找到他的上帝。

二、内在的眼睛

我相信人不但有外在的眼睛，而且有内在的眼睛。外在的眼睛看见现象，内在的眼睛看见意义。被外在的眼睛看见的，成为大脑的贮存；被内在的眼睛看见的，成为心灵的财富。

许多时候，我们的内在眼睛是关闭着的。于是，我们看见利益，却看不见真理，看见万物，却看不见美，看见世界，却看不见上帝。我们的日子是满的，生命却是空的，头脑是满的，心却是空的。

外在的眼睛不使用，就会退化，常练习，就能敏锐。内在的眼睛也是如此。对于我来说，写作便是一种训练内在视力的方法，它促使我经常睁着内在的眼睛，去发现和捕捉生活中那些显示了意义的场景和瞬间。只要我保持着写作状态，这样的场景和瞬间就会源源不断。相反，一旦被日常生活之流裹挟，长久中断了写作，我便会觉得生活成了一堆无意义的碎片。事实上它的确成了碎片，因为我的内在眼睛是关闭着的，我的灵魂是昏睡着的，而唯有灵魂的君临才能把一个人的生活形成为整体。所以，我之需要写作，是因为唯有保持着写作状态，我才真正在生活。

三、灵魂之杯

灵魂是一只杯子。如果你用它来盛天上的净水，你就是一个圣徒。如果你用它来盛大地的佳酿，你就是一个诗人。如果你两者都不肯舍弃，一心要用它们在你的杯子里调制出一种更完美的琼液，你就是一个哲学家。

每个人都拥有自己的灵魂之杯，它的容量很可能是确定的。在不同的人之间，容量会有差异，有时差异还非常大。容量极大者必定极为稀少，那便是大圣徒、大诗人、大哲学家，上帝创造他们仿佛是为了展示灵魂所可能达到的伟大。

不过，我们无须去探究自己的灵魂之杯的容量究竟有多大。在一切情形下，它都不会超载，因为每个人所分配到的容量恰好是他必须付出毕生努力才能够装满的。事实上，大多数杯子只装了很少的水或酒，还有许多杯子直到最后仍是空着的。

四、灵魂的亲缘关系

我偶然地发现了一本泰戈尔的诗集，把它翻开来，一种他乡遇故人的快乐立刻弥漫在我的心间。泰戈尔曾是我的精神密友之一，我已经很久没有去拜访他了，没想到今天在这个孤岛的一间小屋里和他不期而遇。

读书的心情是因时因地而异的。有一些书，最适合于在羁旅中、在无所事事中、在远离亲人的孤寂中翻开。这时候，你会觉得，虽然有形世界的亲人不在你的身旁，但你因此而得以和无形世界的亲人相逢了。在灵魂与灵魂之间必定也有一种亲缘关系，这种亲缘关系超越于种族和文化的差异，超越于生死，当你和同类灵魂相遇时，你的精神本能会立刻把它认出。

灵魂只能独行，但不是在一片空无中行进。毋宁说，你仿佛是置身在茂密的森林里，这森林像原始森林一样没有现成的路，你必须自己寻找和开辟出一条路来。可是，你走着走着，便会在这里那里发现一个脚印，一块用过的木柴，刻在树上的一个记号。于是你知道了，曾经有一些相似的灵魂在这森林里行走，你的灵魂的独行并不孤独。

五、小爱和大爱

住在岛上，最令我思念不已的是远方的妻女。每个周末，我都要借助价格昂贵的越洋电话与她们通话，只是为了听一听熟悉的声音。新年之夜，在周围的一片热闹中，我的寂寞的心徒劳地扑腾着欲飞的翅膀。

那么，我是一个恋家的男人了。

我听见一个声音责问我：你的尘躯如此执迷于人世间偶然的暂时的因缘，你的灵魂如何能走上必然的永恒的真理之路呢？二者必居其一：或者你慧根太浅，本质上是凡俗之人；或者你迟早要斩断尘缘，皈依纯粹的精神事业。

我知道，无论佛教还是基督教，都把人间亲情视为觉悟的障碍。乔答摩王子弃家出走，隐居丛林，然后才成佛陀。耶稣当着教众之面，不认前来寻他的母亲和兄弟，只认自己的门徒是亲人。然而，我对这种绝情之举始终不能赞赏。

诚然，在许多时候，尘躯的小爱会妨碍灵魂的大爱，俗世的拖累会阻挡精神的步伐。可是，也许这正是检验一个人的心灵力度的场合。难的不是避世修行，而是肩着人世间的重负依然走在朝圣路上。一味沉湎于小爱固然是一种迷妄，以大爱否定小爱也是一种迷妄。大爱者理应不弃小爱，而以大爱赋予小爱以精神的光芒，在爱父母、爱妻子、爱儿女、爱朋友中也体味到一种万有一体的情怀。一个人只要活着，他的灵魂与肉身就不可能截然分开，在他的尘世经历中处处可以辨认出他的灵魂行走的姿态。唯有到了肉身死亡之时，灵魂摆脱肉身才是自然的，在此之前无论用什么方式强行分开都是不自然的，都是内心紧张和不自信的表现。不错，在一切对尘躯之爱的否定背后都隐藏着一个动机，就是及早割断和尘世的联系，为死亡预做准备。可是，如果遁入空门，禁绝一切生命的欲念，藉此而达于对死亡无动于衷，这算什么彻悟呢？真正的彻悟是在恋生的同时不畏死，始终怀着对亲人的挚爱，而在最后时刻仍能从容面对生死的诀别。

六、偶然性的价值

我飞越了大半个地球，降落在这个岛上。在地球那一方的一个城市里，有一个我的家，有我的女人和孩子，这个家对于我至关重要，无论我走得多远都要回到这个家去。我知道，在地球的广大区域里，还有许多国家、城市和村庄，无数男人、女人和孩子在其中生活着。如果我降生在另一个国度和地方，我就会有一个完全不同的家，对我有至关重要意义的就会是那一个家，而不是我现在的家。既然家是这么偶然的一种东西，对家的依恋到底有什么道理？

我爱我的妻子，可是我知道，世上并无命定的姻缘，任何一个男人与任何一个女人的结合都是偶然的。如果机遇改变，我就会与另一个女人结合，我的妻子就会与另一个男人结合，我们各人都会有完全不同的人生故事。既然婚姻是这么偶然的一种东西，那么，受婚姻的束缚到底有什么道理？

可是，顺着这个思路想下去，我就不可避免地遇到最后一个问题：我的生存本身便是一个纯粹的偶然性，我完全可能没有降生到这个世界上来，那么，我活着到底有什么道理？

我不愿意我活着没有道理，我一定要给我的生存寻找一个充分的理由，我的确这么做了。而一旦我这么做，我就发现，那个为我的生存镀了金的理由同时也为我生命中的一系列偶然性镀了金。

我相信了，虽然我的出生纯属偶然，但是，既然我已出生，宇宙间某种精神本质便要以我为例来证明它的存在和伟大。否则，如果一切生存都因其偶然而没有价值，永恒的精神之火用什么来显示它的光明呢？

接着我相信了，虽然我和某一个女人的结合是偶然的，由此结合而产生的那个孩子也是偶然的，但是，这个家一旦存在，上帝便要让我藉之而在人世间扎下根来。否则，如果一切结合都因其偶然而没有价值，世上有哪一个女人能够给我一个家园呢？

我知道，我的这番论证是正确的，因为所论证的那种情感在我的心中真实地存在着。

我还知道，我的这番论证是不必要的，因为既然我爱我自己这个偶然性，我就不能不爱一切偶然性。

七、生活的减法

这次旅行，从北京出发是乘的法航，可以托运 60 公斤行李。谁知到了圣地亚哥，改乘智利国内航班，只准托运 20 公斤了。于是，只好把带出的两只箱子精简掉一只，所剩的物品就很少了。到住处后，把这些物品摆开，几乎看不见，好像住在一间空屋子里。可是，这么多天下来了，我并没有感到缺少了什么。回想在北京的家里，比这大得多的屋子总是满满的，每一样东西好像都是必需的，但我现在竟想不起那些必需的东西是什么了。于是我想，许多好像必需的东西其实是可有可无的。

在北京的时候，我天天都很忙碌，手头总有做不完的事。直到这次出发的前夕，我仍然分秒必争地做着我认为十分紧迫的事中的一件。可是，一旦踏上旅途，再紧迫的事也只好搁下了。现在，我已经把所有似乎必须限期完成的事搁下好些天了，但并没有发现造成了什么后果。于是我想，许多好像必须做的事其实是可做可不做的。

许多东西，我们之所以觉得必需，只是因为我们已经拥有它们。当我们清理自己的居室时，我们会觉得每一样东西都有用处，都舍不得扔掉。可是，倘若我们必须搬到一个小屋去住，只允许保留很少的东西，我们就会判断出什么东西是自己真正需要的了。那么，我们即使有一座大房子，又何妨用只有一间小屋的标准来限定必需的物品，从而为美化居室留出更多的自由空间？

许多事情，我们之所以认为必须做，只是因为我们已经把它们列入了日程。如果让我们凭空从其中删除某一些，我们会难做取舍。可是，倘若我们知道自己已经来日不多，只能做成一件事情，我们就会判断出什么事情是自己真正想做的了。那么，我们即使还能活很久，又何妨用来日不多的标准来限定必做的事情，从而为享受生活留出更多的自由时间？

八、心灵的空间

在写了上面这一则随想之后，我读到泰戈尔的一段意思相似的话，不过他表达得更好。我把他的话归纳和改写如下——

未被占据的空间和未被占据的时间具有最高的价值。一个富翁的富并不表现在他的堆满货物的仓库和一本万利的经营上，而是表现在他能够买下广大空间来布置庭院和花园，能够给自己留下大量时间来休闲。同样，心灵中拥有开阔的空间也是最重要的，如此才会有思想的自由。

接着，泰戈尔举例说，穷人和悲惨的人的心灵空间完全被日常生活的忧虑和身体的痛苦占据了，所以不可能有思想的自由。我想补充指出的是，除此之外，还有另一类例证，就是忙人。

凡心灵空间的被占据，往往是出于逼迫。如果说穷人和悲惨的人是受了贫穷和苦难的逼迫，那么，忙人则是受了名利和责任的逼迫。名利也是一种贫穷，欲壑难填的痛苦同样具有匮乏的特征，而名利场上的角逐同样充满生存斗争式的焦虑。至于说到责任，可分三种情形，一是出自内心的需要，另当别论，二是为了名利而承担的，可以归结为名利，三是既非内心自觉，又非贪图名利，完全是职务或客观情势所强加的，那就与苦难相差无几了。所以，一个忙人很可能是一个心灵上的穷人和悲惨的人。

这里我还要说一说那种出自内在责任的忙碌，因为我常常认为我的忙碌属于这一种。一个人真正喜欢一种事业，他的身心完全被这种事业占据了，能不能说他也没有了心灵的自由空间呢？这首先要看在从事这种事业的时候，他是否真正感觉到了创造的快乐。譬如说写作，写作诚然是一种艰苦的劳动，但必定伴随着创造的快乐，如果没有，就有理由怀疑它是否蜕变成了一种强迫性的事务，乃至一种功利性的劳作。当一个人以写作为职业的时候，这样的蜕变是很容易发生的。心灵的自由空间是一个快乐的领域，其中包括创造的快乐，阅读的快乐，欣赏大自然和艺术的快乐，情感体验的快乐，无所事事地闲适和遐想的快乐，等等。所有这些快乐都不是孤立的，而是共生互通的。所以，如果一个人永远只是埋头于写作，不再有工夫和心思享受别的快乐，他的创造的快乐和心灵的自由也是大可怀疑的。

我的这番思考是对我自己的一个警告，同时也是对所有自愿的忙人的一个提醒。我想说的是，无论你多么热爱自己的事业，也无论你的事业是什么，你都要为自己保留一个开阔的心灵空间，一种内在的从容和悠闲。唯有在这个心灵空间中，你才能把你的事业作为你的生命果实来品尝。如果没有这个空间，你永远忙碌，你的心灵永远被与事业相关的各种事务所充塞，那么，不管你在事业上取得了怎样的外在成功，你都只是损耗了你的生命而没有品尝到它的果实。

2001.1

 **名师赏析**

在哲学家周国平看来，无论人与人之间多么亲密，人的本质是孤独的。孤独是一种难得的人生境界，它能让我们的灵魂自由生长，从而使我们更加深刻地认识自我，丰富自己的内心世界。作者与一个集体一起来到一座"孤岛"，开始了一场身体融入集体，但灵魂却始终独立的旅行。怎样才是真正在生活？灵魂的深度如何丈量？独行的灵魂会孤独吗？尘躯的小爱和灵魂的大爱如何并行？生命中的偶然性有什么价值？怎样为享受生活留出更多的自由时间？如何做一个心灵上的快乐者？看似闲散的"断想"，其实是在进行一场关注自我、探寻自我的灵魂旅行。作者以自己的亲身经历，将哲学问题跟现实生活紧密联系，让我们不仅得到思想理念的启迪，还能得到生趣盎然的审美享受。

对自己的人生负责

我们活在世上，不免要承担各种责任，小至对家庭、亲戚、朋友，对自己的职务，大至对国家和社会。这些责任多半是应该承担的。不过，我们不要忘记，除此之外，我们还有一项根本的责任，便是对自己的人生负责。

每个人在世上都只有活一次的机会，没有任何人能够代替他重新活一次。如果这唯一的一次人生虚度了，也没有任何人能够真正安慰他。认识到这一点，我们对自己的人生怎么能不产生强烈的责任心呢？在某种意义上，人世间各种其他的责任都是可以分担或转让的，唯有对自己的人生的责任，每个人都只能完全由自己来承担，一丝一毫依靠不了别人。

不止于此，我还要说，对自己的人生的责任心是其余一切责任心的根源。一个人唯有对自己的人生负责，建立了真正属于自己的人生目标和生活信念，他才可能由之出发，自觉地选择和承担起对他人和社会的责任。正如歌德所说："责任就是对自己要求去做的事情有一种爱。"因为这种爱，所以尽责本身就成了生命意义的一种实现，就能从中获得心灵的满足。相反，我不能想象，一个不爱人生的人怎么会爱他人和爱事业，一个在人生中随波逐流的人怎么会坚定地负起生活中的责任。实际情况往往是，这样的人把尽责不是看作从外面加给他的负担而勉强承受，便是看作纯粹的付出而索求回报。

一个不知对自己的人生负有什么责任的人，他甚至无法弄清他在世界上的责任是什么。有一位小姐向托尔斯泰请教，为了尽到对人类的责任，她应该做些什么。托尔斯泰听了非常反感，因此想到：人们为之受苦的巨大灾难就在于没有自己的信念，却偏要做出按照某种信念生活的样子。当然，这样的信念只能是空洞的。这是一种情况。更常见的情况是，许多人对责任的关系确实是完全被动的，他们之所以把一些做法视为自己的责任，不是出于自觉的选择，而是由于习惯、时尚、舆论等原因。譬如说，有的人把偶然却又长期从事的某一职业当作了自己的责任，从不尝试去拥有真正适合自己本性的事业。有的人看见别人发财和挥霍，便觉得自己也有责任拼命挣钱花钱。有的人十分看重别人尤其上司对自己的评价，谨小慎微地为这种评价而活着。由于他们不曾认真地想过自己的人生使命究竟是什么，在责任问题上也就必然是盲目的了。

所以，我们活在世上，必须知道自己究竟想要什么。一个人认清了他在这世界上要做的事情，并且在认真地做着这些事情，他就会获得一种内在的平静和充实。他知道自己的责任之所在，因而关于责任的种种虚假观念都不能使他动摇了。我还相信，如果一个人能对自己的人生负责，那么，在包括婚姻和家庭在内的一切社会关系上，他对自己的行为都会有一种负责的态度。如果一个社会是由这样对自己的人生负责的成员组成的，这个社会就必定是高质量的有效率的社会。

2001.7

　　这篇散文选自于周国平的散文集《安静》。文章构思新颖，角度独特，思路清晰，语言缜密，是一篇很有哲理的散文。"一个人唯有对自己的人生负责，建立了真正属于自己的人生目标和生活信念，他才可能由之出发，自觉地选择和承担起对他人和社会的责任。"的确，在这喧嚣的社会里，每一个人都面临着许多诱惑，面临着很多机遇和挑战，不同的人有不同的选择。但是，在选择的时候人们都要考虑清楚，对自己的人生负责，找准自己的位置，脚踏实地去做分内的事情，从而获得内在的平静和充实。其实责任也是一种爱，因为爱，生命就有了意义；因为爱，心灵就有了满足。耐人寻味的语言中留给我们许多思考的空间，重新审视自己的人生，重新定位自己，才能为美好的未来做出正确的决定。

经典和我们

　　我的读书旨趣，第一是把人文经典当作主要读物，第二是用轻松的方式来阅读。

　　读什么书，取决于为什么读。人之所以读书，无非有三种目的。一是为了实际的用途，例如因为职业的需要而读专业书籍，因为日常生活的需要而读实用知识。二是为了消遣，用读书来消磨时光，可供选择的有各种无用而有趣的读物。三是为了获得精神上的启迪和享受，如果是出于这个目的，我觉得读人文经典是最佳选择。

　　人类历史上产生了那样一些著作，它们直接关注和思考人类精神生活的重大问题，因而是人文性质的，同时其影响得到了许多世代的公认，已成为全人类共同的财富，因而又是经典性质的。我们把这些著作称作人文经典。在人类精神探索的道路上，人文经典构成了一种伟大的传统，任何一个走在这条路上的人都无法忽视其存在。

　　认真地说，并不是随便读点什么都能算是阅读的。譬如说，我不认为背功课或者读时尚杂志是阅读。真正的阅读必须有灵魂的参与，它是一个人的灵魂到一个借文字符号构筑的精神世界里的漫游，是在这漫游途中的自我发现和自我成长，因而是一种个人化的精神行为。什么样的书最适合于这样的精神漫游呢？当然是经典，只要我们翻开它们，便会发现里面藏着一个个既独特又完整的精神世界。

一个人如果并无精神上的需要，读什么倒是无所谓的，否则就必须慎于选择。也许没有一个时代拥有像今天这样多的出版物，然而，很可能今天的人们比以往任何时候都阅读得少。在这样的时代，一个人尤其必须懂得拒绝和排除，才能够进入真正的阅读。这是我主张坚决不读二三流乃至不入流读物的理由。

图书市场上有一件怪事，别的商品基本上是按质论价，唯有图书不是。同样厚薄的书，不管里面装的是垃圾还是金子，价钱都差不多。更怪的事情是，人们宁愿把可以买回金子的钱用来买垃圾。至于把宝贵的生命耗费在垃圾上还是金子上，其间的得失就完全不是钱可以衡量的了。

古往今来，书籍无数，没有人能够单凭一己之力从中筛选出最好的作品来。幸亏我们有时间这位批评家，虽然它也未必绝对智慧和公正，但很可能是一切批评家中最智慧和最公正的一位，多么独立思考的读者也不妨听一听它的建议。所谓经典，就是时间这位批评家向我们提供的建议。

对经典也可以有不同的读法。一个学者可以把经典当作学术研究的对象，对某部经典或某位经典作家的全部著作下考证和诠释的功夫，从思想史、文化史、学科史的角度进行分析。这是学者的读法。但是，如果一部经典只有这一种读法，我就要怀疑它作为经典的资格，就像一个学者只会用这一种读法读经典，我就要断定他不具备大学者的资格一样。唯有今天仍然活着的经典才配叫作经典，它们不但属于历史，而且超越历史，仿佛有一颗不死的灵魂在其中永存。正因为如此，在阅读它们时，不同时代的个人都可能感受到一种灵魂觉醒的惊喜。在这个意义上，经典属于每一个人。

作为普通人，我们如何读经典？我的经验是，无论《论语》还是《圣经》，无论柏拉图还是康德，不妨就当作闲书来读。也就是说，阅读的心态和方式都应该是轻松的。千万不要端起做学问的架子，刻意求解。读不懂不要硬读，先读那些读得懂的、能够引起自己兴趣的著作和章节。这里有一个浸染和熏陶的过程，所谓人文修养就是这样熏染出来的。在不实用而有趣这一点上，读经典的确很像是一种消遣。事实上，许多心智活泼的人正是把这当作最好的消遣的。能否从阅读经典中感受到精神的极大愉悦，这差不多是对心智品质的一种检验。不过，也请记住，经典虽然属于每一个人，但永远不属于大众。我的意思是说，读经典的轻松绝对不同于读大众时尚读物的那种轻松。每一个人只能作为有灵魂的个人，而不是作为无个性的大众，才能走到经典中去。如果有一天你也陶醉于阅读经典这种美妙的消遣，你就会发现，你已经距离一切大众娱乐性质的消遣多么遥远。

经典是人类精神财富的一个宝库，它就在我们身旁，其中的财富属于我们每一个人。阅读经典，就是享用这笔宝贵的财富。凡是领略过此种享受的人都一定会同意，倘若一个人活了一生一世，从未踏进这个宝库，那是遭受了多么巨大的损失啊。

2003.2

名师赏析

　　一般人们读书无非三个目的，一是实践的工具，二是消遣，三是获得精神启迪与享受。这篇文章，周国平先生和我们分享了他的读书旨趣，如果想得到启迪，人文经典是最佳选择。为什么要读经典呢？因为它里面藏着一个个既独特又完整的精神世界。怎样读经典呢？可以学术性地研究它，也可以当闲书一样地轻松阅读。方式不拘，重要的是必须要有灵魂的参与，真正的阅读是借助文字符号，漫游精神世界，实现自我发展和自我成长，是一种浸染和熏陶的过程，一个人的人文素养往往就是这样被熏染出来的。我们每个人都能在经典的海洋里获得灵魂觉醒的惊喜，读出属于自己对经典的感悟、对人生的发现。

生命中不能错过什么

安妮是一个十一岁的孤儿，一头红发，满脸雀斑，整天耽于幻想，不断闯些小祸。假如允许你收养一个孩子，你会选择她吗？大概不会。马修和玛莉拉是一对上了年纪的独身兄妹，他们也不想收养安妮，只是因为误会，收养成了令人遗憾的既成事实。故事就从这里开始，安妮住进了美丽僻静村庄中这个叫作绿山墙的农舍，她的一言一行都将经受老处女玛莉拉的刻板挑剔眼光——以及村民们的保守务实眼光——的检验，形势对她十分不利。然而，随着故事进展，我们看到，安妮的生命热情融化了一切敌意的坚冰，给绿山墙和整个村庄带来了欢快的春意。作为读者，我们也和小说中所有人一样不由自主地喜欢上了她。正如当年马克·吐温所评论的，加拿大女作家莫德·蒙格玛丽塑造的这个人物不愧是"继不朽的艾丽丝之后最令人感动和喜爱的儿童形象"。

在安妮身上，最令人喜爱的是那种富有灵气的生命活力。她的生命力如此健康蓬勃，到处绽开爱和梦想的花朵，几乎到了奢侈的地步。安妮拥有两种极其宝贵的财富，一是对生活的惊奇感，二是充满乐观精神的想象力。对于她来说，每一天都有新的盼望，新的惊喜。她不怕盼望落空，因为她已经从盼望中享受了一半的喜悦。她生活在用想象力创造的美丽世界中，看见五月花，她觉得自己身在天堂，看见了去年枯萎的花朵的灵魂。请不要说安妮虚无缥缈，她的梦想之花确确实实结出了果实，使她周围的人在和从前一样的现实生活中品尝到了从前未曾发现的甜美滋味。

我们不但喜爱安妮，而且被她深深感动，因为她那样善良。不过，她的善良不是来自某种道德命令，而是源自天性的纯净。她的生命是一条虽然激荡却依然澄澈的溪流，仿佛直接从源头涌出，既积蓄了很大的能量，又尚未受到任何污染。安妮的善良实际上是一种感恩，是因为拥有生命、享受生命而产生的对生命的感激之情。怀着这种感激之情，她就善待一切帮助过她乃至伤害过她的人，也善待大自然中的一草一木。和怜悯、仁慈、修养相比，这种善良是一种更为本真的善良，而且也是更加令自己和别人愉快的。

所以，我认为，这本书虽然是近一百年前问世的，今天仍然很值得我们一读。作为儿童文学的一部经典之作，今天的孩子们一定还能够领会它的魅力，与可爱的主人公发生共鸣，孩子们比我聪明，无须我多言。我想特别说一下的是，今天的成人们也应当能够从中获得教益。在我看来，教益有二。一是促使我们反省对孩子的教育。我们该知道，就天性的健康和纯净而言，每个孩子身上都藏着一个安妮，我们千万不要再用种种功利的算计去毁坏他们的健康，污染他们的纯净，扼杀他们身上的安妮了。二是促使我们反省自己的人生。在今日这个崇拜财富的时代，我们该自问，我们是否丢失了那些最重要的财富，例如对生活的惊奇感，使生活焕发诗意的想象力，源自感激生命的善良，等等。安妮曾经向从来不想象和现实不同的事情的人惊呼："你错过了多少东西！"我们也该自问：我们错过了多少比金钱、豪宅、地位、名声更宝贵的东西？

2003.4

 **名师赏析**

你觉得这个世界足够美好温暖吗？

如果你认识一个叫安妮的小姑娘，那么你会惊讶地发现，居然有人会对这个世界抱有如此单纯的热爱。在和她的相处中，你会看到一个爱幻想的她，一个常闯祸的她，一个勇敢乐观的她。无论经历过什么，遇到什么样的人，她始终保持内心的纯净，用生命本真的温度去温暖世界。

如果身边有这样一个人，我们的生活一定会拥有最简单的幸福。因为她会提醒我们，这一生中可以错过车马喧嚣、金钱名利，但是一定不要错过花开花落、朝日晚霞。不要吝啬内心的善良，不要忽略细小的幸福感，永远热爱，永远满怀期待，也许这就是人生的意义。

走进《绿山墙的安妮》，你会对生命和温暖有新的体会。愿你对这个世界永远充满惊奇感和想象力。现在，你想做的一切都来得及。

古驿道上的失散

　　杨绛先生出新书，书名叫《我们仨》。书出之前，已听说她在写回忆录并起好了这个书名，当时心中一震。这个书名实在太好，自听说后，我仿佛不停地听见杨先生说这三个字的声音，像在拉家常，但满含自豪的意味。这个书名立刻使我感到，这位老人在给自己漫长的一生做总结时，人世的种种沉浮荣辱都已淡去，她一生一世最重要的成就只是这个三口之家。可是，这个令她如此自豪的家，如今只有她一人存留世上了。在短短两年间，女儿钱瑗和丈夫钱锺书先后病逝。我们都知道这个令人唏嘘的事实，却不敢想象那时已年近九旬的杨先生是如何度过可怕的劫难的，现在她又将如何回首凄怆的往事。

　　回忆录分作三部。其中，第二部是全书的浓墨，正是写那一段不堪回首的日子的。第一部仅几百字，记一个真实的梦，引出第二部的"万里长梦"。第三部篇幅最大，回忆与钱先生结婚以来及有了女儿后的充满情趣的岁月。前者只写梦，后者只写实，唯有第二部的"万里长梦"，是梦非梦，亦实亦虚，似真似幻。作者采用这样的写法，也许是要给可怕的经历裹上一层梦的外衣，也许是真正感到可怕的经历像梦一样不真实，也许是要借梦说出比可怕的经历更重要的真理。

长梦始于钱先生被一辆来路不明的汽车接走，"我"和阿瑗去寻找，自此一家人走上了一条古驿道，在古驿道上相聚，直至最后失散。这显然是喻指从钱先生住院到去世——其间包括钱瑗的住院和去世——的四年半历程。古驿道上的氛围扑朔迷离乃至荒诞，很像是梦境。然而，"我"在这条道上奔波的疲惫和焦虑是千真万确的，那正是作者数年中奔波于家和两所医院之间境况的写照。一家三口在这条道上的失散也是千真万确的，"梦"醒之后，三里河寓所里分明只剩她孑然一身了。为什么是古驿道呢？因为这是一条自古以来人人要走上的驿道，在这条道上，人们为亲人送行，后亡人把先亡人送上不归路。这条道上从来是一路号哭和泪雨，但在作者笔下没有这些。她也不去描绘催人泪下的细节或裂人肝胆的场面，她的用笔一如既往地节制，却传达了欲哭无泪的大悲恸。

　　杨先生的确以"我们仨"自豪："我们仨是不寻常的遇合"，"我们仨都没有虚度此生，因为是我们仨。"这样的话绝不是寻常家庭关系的人能够说出。这样的话也绝不是寻常生命态度的人能够说出。给她的人生打了满分的不是钱先生和她自己的卓著文名，而是"我们仨"的遇合，可见分量之重，从而使最后的失散更显得不可思议。第二部的标题是"我们仨失散了"，第三部的首尾也一再出现此语，这是从心底发出的叹息，多么单纯，又多么凄惶。读整本书时，我听到的始终是这一声仿佛轻声自语的叹息："我们仨失散了，失散了，就这么轻易地失散了……"

　　失散在古驿道上，这是人世间最寻常的遭遇，但也是最哀痛的经历。《浮生六记》中的沈复和陈芸，一样的书香人家，恩爱夫妻，到头来也是昨欢今悲，生死隔绝。中道相离也罢，白头到老也罢，结果都是一样的。夫妇之间，亲子之间，情太深了，怕的不是死，而是永不再聚的失散，以至于真希望有来世或者天国。佛教说诸法因缘生，教导我们看破无常，不要执著。可是，千世万世只能成就一次的佳缘，不管是遇合的，还是修来的，叫人怎么看得破。更可是，看不破也得看破，这是唯一的解脱之道。我觉得钱先生一定看破了，女儿病危，他并不知情，却忽然在病床上说了这样神秘的话："叫阿圆回去，叫她回到她自己家里去。"杨先生看破了没有？大约正在看破。《我们仨》结尾的一句话是："我清醒地看到以前当作我们家的寓所，只是旅途上的客栈而已。家在哪里，我不知道。我还在寻觅归途。"很可能所有仍正常活着的人都不知道家究竟在哪里，但是，其中有一些人已经看明白，它肯定不在我们暂栖的这个世界上。

2003.7

名师赏析

　　本文是周国平先生为杨绛先生的回忆录《我们仨》写的书评。回忆录是杨绛对逝去的丈夫和女儿的怀念，也是对自己漫长一生的总结，此时此刻，人世间的种种沉浮荣辱都已淡去，她一生一世最重要的成就只是这个三口之家了。

周先生将人生别离比喻为失散在古驿道上，让我们耳目一新，思绪豁然开朗。"古驿道"是一个不可忽视的重要意象，杨绛与钱锺书以及钱瑗的一切聚散都在古驿道上演绎。古驿道不仅仅象征着离愁别绪，更是象征着人生旅程的结束。

　　失散在古驿道上，这是人世间最寻常的遭遇。人生相遇、相聚、相知、相守皆是缘分，爱过方知情浓，正是这前世修来的缘分，让我们害怕彼此的失散，亦如品读他的散文，平白朴实的语言，浅显易懂的哲理，总能让我们顿悟。

青春不等于文学

时下流行青春文学。韩寒和郭敬明创造了令人惊叹的畅销奇迹，新概念作文大赛顿时成为耀眼的品牌，小作家如雨后春笋般在祖国各地破土而出。

青春拥有许多权利，文学梦是其中之一。但是，我不得不说，青春与文学是两回事。文学对年龄中立，它不问是青春还是金秋，只问是不是文学。在文学的国度里，青春、美女、海归、行走都没有特权，而人们常常在这一点上发生误会。问你会不会拉提琴，如果你回答也许会，但还没有试过，谁都知道你是在开玩笑。然而，问你会不会写作，如果你作同样的回答，你自己和听的人就都会觉得你是严肃的。指出这一点的是托尔斯泰，他就此议论道：任何人都能听出一个没有学过提琴的人拉出的音有多难听，但要区分胡写和真正的文学作品却须有相当的鉴别力。

我读过一些青春写手的文字，总的感觉是空洞、虚假而雷同。有两类青春模式。一是时尚，背景中少不了咖啡厅、酒吧、摇滚，内容大抵是臆想的爱情，从朦胧恋、闪电恋、单恋、失恋到多角恋、畸恋，由于其描写的苍白和不真实，读者不难发现，这一切恋归根到底只是自恋而已。另一是装酷，夸张地显示叛逆姿态，或者刻意地编造惊世骇俗的情节。文字则漫无节制，充斥着没有意义的句子，找不到海明威所说的那种"真实的句子"。我们从中看到的是没有实质的情调，没有内涵的想象，对虚构和臆造的混淆，一句话，对文学的彻底误解。所有这些东西与今日普通人的真实生活相去甚远，与作者们的真实生活更相去甚远，因为作者们虽然拥有青春，也仍然只是普通人罢了。也是托尔斯泰说的：在平庸和矫情之间只有一条窄路，那是唯一的正道，而矫情比平庸更可怕。据我看，矫情之所以可怕，原因就在于它是平庸却偏要冒充独特，因而是不老实的平庸。

当然，在被归入青春文学范畴的作品之中，也有一些好的作品。我喜欢的作品，共同之处是有自己的真实感受，在这片土壤上面，奇思、异想、幽默、荒诞才不是纸做的假花。对于写作来说，最重要的是把自己真正感受到的东西写出来，文字功夫是在这个过程之中、而不是在它之外锤炼的。因此，我主张写自己真正熟悉的题材，自己确实体验到的东西，不怕细小，但一定要真实。这是一个积累的过程，到一定的程度，就能从容对付大的题材了。

世上没有青春文学，只有文学。文学有自己的传统和尺度，二者皆由仍然活在传统中的大师构成。对于今天从事写作的人，人们通过其作品可以准确无误地判断，他是受过大师的熏陶，还是对传统全然无知无畏。如果你真喜欢文学，而不只是赶一赶时髦，我建议你记住海明威的话。海明威说他只和死去的作家比，因为"活着的作家多数并不存在，他们的名声是批评家制造出来的"。今日的批评家制造出了青春文学，而我相信，真正能成大器的必是那些跳出了这个范畴的人，他们不以别的青春写手为对手，而是以心目中的大师为对手，不计成败地走在自己的写作之路上。

2004.11

 名师赏析

这是周国平先生为《新概念文学青春书系》写的书评，作者针对当年新概念作文大赛后如雨后春笋般破土而出的青春文学中普遍存在的空洞、虚假、雷同、矫情的通病，诚恳地给青春写手们提出了自己的写作建议：一是文学要与普通人的生活相联系。对于写作来说，真实是第一要义。要写真实的生活，要寻找熟悉的题材和自己确实体验到的东西。二是文学存在于创造的过程中。要从社会生活中提炼储备在其内心的精神现象。苍白的时尚和平庸的矫情是没有内涵的，是对文学的彻底误解。当然，周国平先生也欣喜地发现了一些青春的佳作，它们的共同之处是有自己的真实感受。阅读此文，我们会收获满满，跟着周先生学写作，以大师为对手，以经典为范本，真实地走在自己的写作之路上。

品味平凡生活

——关键《隐居法国》序

  关键的经历颇为特别。从北京大学毕业后，她到巴黎闯荡。一个中国姑娘，置身于世界艺术之都的浪漫，心情当然很兴奋。那些年里，我两次去巴黎，看见她忙于找房子，开画廊，一副扎根巴黎搞事业的劲头。何尝想到，若干年后，她一头钻进法国南部阿尔卑斯山麓，在一个不知名的小村镇定居下来了。按照常理，一个中国人到法国，就好像从乡村来到都市，图的就是都市的繁华，关键一开始想必也是如此。可是，结果却是在法国的偏远乡村找到了自己的归宿，日子比在中国还冷清得多，并且义无反顾，心满意足。这不是很特别吗？

  不过，对于关键自己来说，这又是自然而然的。在巴黎的十年里，她总听见一个声音在呼唤她，越来越清晰，告诉她都市不是她的家，叮嘱她去寻找真正的家。希腊哲人说：一个人的性格就是他的命运。这句话也可理解为：一个人最好的生活就是最适合于他的天性的生活。如果不适合，不管这种生活在旁人眼里多么值得羡慕，都不算好。因此，那个呼唤她的声音其实是她自己的天性在呼喊，而她也就听从了它的指引。

  读了关键在乡居中写的这些文字，我相信，她不但回到了自己真正的家，而且回归了生活的本质。当然，生活的形相是千姿百态的，混迹都市、追逐功名、叱咤风云也都是生活，不一定要隐居山林。但是，太热闹的生活始终有一个危险，就是被热闹所占有，渐渐误以为热闹就是生活，热闹之外别无生活，最后真的只剩下了热闹，没有了生活。在人的生活中，有一些东西是可有可无的，有了也许增色，没有也无损本质，有一些东西则是不可缺的，缺了就不复是生活。什么东西不可缺，谁说都不算数，生养人类的大自然是唯一的权威。自然规定了生命离不开阳光和土地，规定了人类必须耕耘和繁衍。最基本的生活内容原是最平凡的，但正是它们构成了人类生活的永恒核心。乡村生活的优点在于，这个真理是直接呈现的，是一个每天都能感知到的事实。一个人长久受这个真理浸染，化作了自己的血肉，世间任何浮华就都不能再诱惑他了。

不过，地方毕竟不是决定性的。无论身在城市还是身在乡村，一个人都可能领悟生活的真谛，也都可能毫无感受，就看你的心静不静。我们捧着一本书，如果心不静，再好的书也读不进去，更不用说领会其中妙处了。读生活这本书也是如此。其实，只有安静下来，人的心灵和感官才是真正开放的，从而变得敏锐，与对象处在一种最佳关系之中。但是，心静又是强求不来的，它是一种境界，是世界观导致的结果。一个不知道自己到底要什么的人，必定总是处在心猿意马的状态。关键一定知道她到底要什么，所以她的心很静。多年来，她安心地在欧洲山村里做一个普通人，细心地品尝每一个平凡日子的滋味，品出了许多美味。在法国南方的乡村，许多农家自酿葡萄酒，其味醇和而耐久，主人端出来款待过往客人，大商店里是买不到的。关键端给我们的正是她自酿的红酒。

近些年来，图书市场时常推出中国人写自己在国外经历的书，内容多为如何奋斗，如何惊险，如何成功，如何风光，仿佛国外真是冒险家的乐园似的。这本书提供了一个不同的版本，它告诉我们，不论中国外国，真实的生活都是平凡的，而平凡自有其动人之处。哪一种版本更符合真相，对国外有所了解的人是心中有数的，不了解国外但懂得生活的人也是心中有数的。

2005.2

名师赏析

本文是为关键的《隐居法国》写的序言。什么样的生活是好的生活？"一个人最好的生活就是最适合于他的天性的生活。"这往往是成功者在能选择的情况下主动选择的满意的生活，它有不同形态，或静或闹，无论是哪一种都可以说是好的生活。可大部分平凡的人，没有太多的选择，生活帮他选择了平凡，难道这种生活就不是好的生活吗？平凡不平庸，把平凡的生活过得有情趣、有意义，同样也是好的生活。真实的平凡的生活，也自有其动人之处。就像歌词里所写的"我曾经跨过山和大海，也穿过人山人海，我曾经拥有着一切，转眼都飘散如烟，我曾经失落失望失掉所有方向，直到看见平凡才是唯一的答案。"生活是你自己的，请尽情拥抱它吧！

表达你心中的爱和善意

——皮特·尼尔森《圣诞节清单》中译本序

　　这是一本令人感到温暖的书，在一个人性迷失的时代，它试图重新唤起我们对人性的信心。它提醒每一个人：你心中不但要有爱和善意，而且要及时地公开地表达你心中的爱和善意。这个道理似乎简单，却常常被我们忽视。

　　我们活在世上，人人都有对爱和善意的需要。今天你出门，不必有奇遇，只要一路遇到的是友好的微笑，你就会觉得这一天十分美好。如果你知道世上有许多人喜欢你，肯定你，善待你，你就会觉得人生十分美好，这个世界十分美好。即使你是一个内心很独立的人，情形仍是如此，没有人独立到了不需要来自同类的爱和善意的地步。

　　那么，我们就应该经常想到，我们的亲人、朋友、同学、同事，他们都有这同样的需要。这赋予了我们一种责任：对于我们周围的人来说，这个世界是否美好，在很大程度上取决于我们是否爱他们、善待他们。我们每一个人都有责任给世界增添爱和善意，如同本书的主人公所说，藉此"把世界变成一个更好的、值得留恋的地方"。

　　应该相信，世上绝大多数人是善良的，而在每一个善良的人心中，爱和善意原是最自然的情感。可是，在许多时候，我们宁愿把这种情感埋在心里，也不向相关的人表达出来。有时候我们是顾不上表达，忙于做自己的事，似乎缺乏表达的机会。有时候我们是羞于表达，碍于一种反向的面子，似乎怕对方不在乎自己的表达甚至会感到唐突。我们中国人在这方面尤其有心理障碍，其根源也许可追溯到讲究老幼尊卑的传统文化，从小生活在连最亲的亲人——父母与子女——之间也缺乏情感语言交流的环境中，使得我们始终不习惯用语言表达情感。

当然，最重要的事情是爱和善意本身，而不是表达。当然，表达有种种方式，不限于语言。然而，不可低估语言的作用。有一个人，也许他正在苦闷中，甚至患了忧郁症，认为自己已被世上一切人抛弃，你的一次充满爱心的谈话就能救他，但你没有救他，他终于自杀了。其实，这样的事经常在发生。当亲友中的某个人去世时，我们往往会后悔，有些一直想对他说的话再也没有机会说了。事实上，每一个人都在不可避免地走向死亡，我们随时面临着太迟的可能性。一切真诚的爱和善意，在本质上都是给予，并不求回报，因此没有什么可羞于启齿的。那是你心中的财富，你本应该及时把它呈献出来，让那个与它相关的人共享。

今天的时代有种种弊病，包括人们过于看重功利，由此导致人情冷漠。我不主张对少年人隐瞒社会的实情，让他们把一切都想象得非常美好，这会使他们失去免疫力，或者陷入幻灭的痛苦。但是，我更反对那种一味引导他们适应社会消极面的实用主义教育。在一定意义上，少年人今天的精神面貌决定了社会明天的面貌。我愿意向少年人推荐本书，是期望他们成为珍惜精神价值的一代，珍惜爱和善意的价值的一代，期望他们每一个人从小就树立本书主人公所表达的信念："如果说学习如何给予爱、获得爱不是这个世界上重要的事，那么我就不知道什么是重要的了。"

2005.9

 **名师赏析**

　　本文是周国平先生为《圣诞节清单》的中译本写的序言，皮特·尼尔森的这本书，试图重新唤醒我们对人性的信心，让我们感受到温暖。人，都渴望被爱、被善待，如果说我们是一群为活着而东奔西突的野兽，那么爱和善意则是让我们幻化为人的力量。这种力量拉近人与人之间的距离，在人群中传递；这种力量赶走冷漠与孤独，带来温暖与希望；这种力量跟苛责和鞭策不同，更能帮助我们成长。含蓄的人们啊，你心中不仅要有爱和善意，还要学会及时表达心中的爱和善意，一个美好的微笑，一个鼓励的眼神，一朵盛开的玫瑰，一次爱心的谈话……可以让每一个镌刻着爱与善意的灵魂，都会成为你我生命的摆渡人。"只要人人都献出一份爱，这世界将成为美好的人间。"

快乐工作的能力

中央电视台经济频道开展"年度雇主调查"活动，并以"快乐工作"为本次雇主调查的年度主题和核心价值观。我觉得"快乐工作"是一个有意思的题目，愿意谈一谈我的理解。

我们在这个世界上生活，快乐是人人都想要的东西。不过，在多数情况下，快乐与工作好像没有什么关系。相反，人们似乎只有在工作之外才能找到快乐，下班之后、双休日、节假日才是一天、一周、一年中的快乐时光。当然，快乐是需要钱的，为此就必须工作，工作的价值似乎只是为工作之外的快乐埋单。

工作本身不快乐，快乐只在工作之外，这种情况相当普遍，但并不合理，因为不合人性。

什么是快乐？快乐是人性或者说人的需要得到满足的一种状态。人性有三个层次。一是生物性，即食色温饱之类生理需要，满足则感到肉体的快乐。二是社会性，比如交往、被关爱、受尊敬的需要，满足则感到情感的快乐。三是精神性，包括头脑和灵魂，头脑有进行智力活动的需要，灵魂有追求和体悟生活意义的需要，二者的满足使人感到的是精神的快乐。

精神性是人的最高属性，正是作为精神性的存在，人与动物有了本质的区别。同样，精神的快乐是人所能获得的最高快乐，远比肉体的快乐更持久也更美好。对于那些禀赋优秀的人来说，这一点是不言而喻的，如果让他们像一个没有头脑和灵魂的东西那样活着，他们宁可不活。获得精神快乐的途径有两类：一类是接受的，比如阅读、欣赏艺术品等；另一类是给予的，就是工作。正是在工作中，人的心智能力得到了积极实现，人感受到了生命的最高意义。如同纪伯伦所说：工作是看得见的爱，通过工作来爱生命，你就领悟了生命的最深刻秘密。

　　当然，这里所说的工作不同于仅仅作为职业的工作，人们通常把它称作创造或自我实现。但是，就人性而言，这个意义上的工作原是属于一切人的。人人都有天赋的心智能力，区别在于是否得到了充分运用和发展。现在我们明白快乐工作与不快乐工作的界限在哪里了：仅仅作为谋生手段的工作是不快乐的，作为人的心智能力和生命价值的实现的工作是快乐的。用马克思的话说，前者是一个必然王国，后者是一个自由王国。

　　毫无疑问，在现实生活中，我们都还必须为谋生而工作。最理想的情况是谋生与自我实现达成一致，做自己真正喜欢做的事情，同时又能藉此养活自己。能否做到这一点，在一定程度上要靠运气。不过，我相信，在开放社会中，一个人只要有自己真正的志趣，终归是有许多机会向这个目标接近的。就个人而言，最重要的还是要有自己真正的志趣，机会只可能对这样的人开放。也就是说，一个人首先必须具备快乐工作的愿望和能力，然后才谈得上快乐工作。

　　正是在这方面，今天青年人的情况令人担忧。中华英才网发起的"中国大学生最佳雇主调查"表明，在大学生对雇主的评价中，摆在首位的是全面薪酬和品牌实力两个因素。择业时考虑薪酬不足怪，我的担心是，许多人也许只有这一类外在标准，没有任何内心要求，对工作的唯一诉求是挣钱，挣钱越多就越是好工作，对于作为自我实现的工作毫无概念，那就十分可悲了。

事实上，工作的快乐与学习的快乐是一脉相承、性质相同的，基本的因素都是好奇心的满足、发现和创造的喜悦、智力的运用和得胜、心灵能力的生长等。一个学生倘若在学校的学习中从未体会过这些快乐，在走出学校之后，他怎么可能向工作要求这些快乐呢？学校教育的使命是让学生学会快乐地学习，为将来快乐地工作打好基础。能够快乐地学习和工作，这是精神上优秀的征兆。说到底，幸福是一种能力，它属于那些有着智慧的头脑和丰富的灵魂的优秀的人。首先要成为一个优秀的人，而只把成功看作优秀的副产品。不求优秀，只求成功，求得的至多是谋生的成功罢了。

毋庸讳言，今日的学校乃至整个社会存在着严重的急功近利倾向，对于培养快乐学习和工作的能力不是一个有利的环境。把大学办成职业培训场，只教给学生一些狭窄的专业知识，结果必然使大多数学生心目中只有就业这一个可怜的目标，只知道作为谋生手段的这一种不快乐的工作。这种做法极其近视，即使从经济发展的角度看，一个社会是由心智自由活泼的成员组成，还是由只知谋生的人组成，何者有更好的前景，答案应是不言而喻的。对于企业来说也是如此，许多企业已经强烈地感觉到，那些只有学历背景和专业技能、整体素质差的大学生完全不能适合其发展的需要。教育与市场直接挂钩，其结果反而是人才的紧缺，这表明市场本身已开始向教育提出质疑，要求它与自己拉开距离。教育应该比市场站得高看得远，培养出人性层面上真正优秀的人才，这样的人才自会给社会——包括企业和市场——增添活力。

近几年来，国内若干人才中介机构和媒体相继举办雇主调查和雇主品牌评选活动，这样的活动无疑是有意义的。不过，我认为，其意义不应限于促进雇主与求职者之间的沟通，更重要的意义也许在于调查研究人才供需脱节的问题及原因，促使人们对今天流行的教育观、人才观、价值观进行深刻的反省。

2005.10

 **名师赏析**

帕斯卡曾说：所有人都是以快乐幸福作为他们的目的。

快乐的最高层次是精神快乐，可通过接受、给予两类途径获得。其中，快乐地工作反映的是对待工作的积极心态，工作的快乐反映的是工作过后的切身体验。两者相辅相成，相得益彰。若要快乐工作，首先必须具备快乐工作的心态和能力。

孔子曰："知之者不如好之者，好之者不如乐之者。"梁启超先生也说："人生能从自己职业中领略出趣味，生活才有价值。"周国平先生的《快乐工作的能力》也会带给你一些收获和启示，工作如此，学习也是一样，愿你用心态、能力为桨，在阅读和学习的大海上扬帆快乐之舟。

善良·丰富·高贵

如果我是一个从前的哲人，来到今天的世界，我会最怀念什么？一定是这六个字：善良，丰富，高贵。

看到医院拒收付不起昂贵医疗费的穷人，听凭危急病人死去；看到商人出售假药和伪劣食品，制造急性和慢性的死亡；看到矿难频繁，矿主用工人的生命换取高额利润；看到每天发生的许多凶杀案，往往为了很少的一点钱或一个很小的缘由夺走一条命，我为人心的冷漠感到震惊，于是我怀念善良。

善良，生命对生命的同情，多么普通的品质，今天仿佛成了稀有之物。中外哲人都认为，同情是人与兽的区别的开端，是人类全部道德的基础。没有同情，人就不是人，社会就不是人待的地方。人是怎么沦为兽的？就是从同情心的麻木和死灭开始的，由此下去可以干一切坏事，成为法西斯，成为恐怖主义者。善良是区分好人与坏人的最初界限，也是最后界限。

看到今天许多人以满足物质欲望为人生唯一目标，全部生活由赚钱和花钱两件事组成，我为人们的心灵的贫乏感到震惊，于是我怀念丰富。

丰富，人的精神能力的生长、开花和结果，上天赐给万物之灵的最高享受，为什么人们弃之如敝屣呢？中外哲人都认为，丰富的心灵是幸福的真正源泉，精神的快乐远远高于肉体的快乐。上天的赐予本来是公平的，每个人天性中都蕴涵着精神需求，在生存需要基本得到满足之后，这种需求理应觉醒，它的满足理应越来越成为主要的目标。那些永远折腾在功利世界上的人，那些从来不谙思考、阅读、独处、艺术欣赏、精神创造等心灵快乐的人，他们是怎样辜负了上天的赐予啊，不管他们多么有钱，他们是度过了怎样贫穷的一生啊。

看到有些人为了获取金钱和权力毫无廉耻，可以干任何出卖自己尊严的事，然后又依仗所获取的金钱和权力毫无顾忌、肆意凌辱他人的尊严，我为这些人的灵魂的卑鄙感到震惊，于是我怀念高贵。

高贵，曾经是许多时代最看重的价值，被看得比生命还重要，现在似乎很少有人提起了。中外哲人都认为，人要有做人的尊严，要有做人的基本原则，在任何情况下都不可违背，如果违背，就意味着不把自己当人了。今天的一些人就是这样，不知尊严为何物，不把别人当人，任意欺凌和侮辱，而根源正在于他没有把自己当人，事实上你在他身上也已经看不出丝毫人的品性。高贵者的特点是极其尊重他人，他的自尊正因此得到了最充分的体现。人的灵魂应该是高贵的，人应该做精神贵族，世上最可恨也最可悲的岂不是那些有钱有势的精神贱民？

我听见一切世代的哲人在向今天的人们呼唤：人啊，你要有善良的心，丰富的心灵，高贵的灵魂，这样你才无愧于人的称号，你才是作为真正的人在世间生活。

善良，丰富，高贵——令人怀念的品质，人之为人的品质，我期待今天更多的人拥有它们。

2006.8

 **名师赏析**

　　善良——生命对生命的同情，人之初，性本善，这是人之本能；

　　丰富——精神能力的生长、开花和结果，这是幸福的真正源泉；

　　高贵——比生命更重要，人格的骄傲，不以物喜，不以己悲，有丰富的精神世界，才能达到人格的高贵。

　　缺失善良，对生命迟钝，谈何精神的自由和丰富呢？精神的贫瘠，又何来人格的高贵？但如何守住人之本能，丰富我们的精神，达到人格的高贵，做一个精神的贵族呢？相信在周国平先生的笔下，聪明的你一定能找到答案。

　　就一个人而言，最重要的是善良、丰富、高贵。有善良的心、丰富的心灵和高贵的灵魂，这样才是真正的人。周国平先生在这篇散文里期待今天有更多的人拥有善良、丰富、高贵，因为它们是难能可贵的品质。

让生命回归单纯

——《生命的品质》序

　　人来到世上，首先是一个生命。生命，原本是单纯的。可是，人却活得越来越复杂了。许多时候，我们不是作为生命在活，而是作为欲望、野心、身份、称谓在活，不是为了生命在活，而是为了财富、权力、地位、名声在活。这些社会堆积物遮蔽了生命，我们把它们看得比生命更重要，为之耗费一生的精力，不去听也听不见生命本身的声音了。

　　人是自然之子，生命遵循自然之道。人类必须在自然的怀抱中生息，无论时代怎样变迁，春华秋实、生儿育女永远是生命的基本内核。你从喧闹的职场里出来，走在街上，看天际的云和树影，回到家里，坐下来和妻子儿女一起吃晚饭，这时候你重新成为一个生命。

　　在今天的时代，让生命回归单纯，这不但是一种生活艺术，而且是一种精神修炼。耶稣说："除非你们改变，像小孩一样，你们绝不能成为天国的子民。"那些在名利场上折腾的人，他们既然听不见自己生命的声音，就更听不见灵魂的声音了。

　　人不只有一个肉身生命，更有一个超越于肉身的内在生命，它被恰当地称作灵魂。外在生命来自自然，内在生命应该有更高的来源，不妨称之为神。二者的辩证关系是，只有外在生命状态单纯之时，内在生命才会向你开启，你活得越简单，你离神就越近。在一定意义上，人生觉悟就在于透过社会堆积物去发现你的自然的生命，又透过肉身生命去发现你的内在的生命，灵魂一旦敞亮，你的全部人生就有了明灯和方向。

说到底，人活的就是一个价值观，不同的价值观造就不同的人生。我自己觉得，我的价值观已经相当明晰而简单，围绕着两个词，即人最宝贵的两样东西，一是生命，二是灵魂。老天给了每个人一条命，一颗心，把命照看好，把心安顿好，人生即是圆满。把命照看好，就是要保持生命的单纯，珍惜平凡生活。把心安顿好，就是要积累灵魂的财富，注重内在生活。平凡生活体现了生命的自然品质，内在生活体现了生命的精神品质，把这两种生活过好，生命的整体品质就是好的。

本书是我 2007 年至 2009 年所写文字的结集。重读这些文字，我对贯穿其中的思想做了以上解读。生命只有一次，让我们都好好地活吧，活出生命的品质。

2010.8

 名师赏析

　　本文是周国平先生经典散文《生命的品质》的自序。在这个纷繁复杂、物欲横流的世界里，我们该如何度过我们的一生？如何安放我们的心灵？有时脚步太快，得停下来，等

一等我们的灵魂。这篇文章给了我们很好的启示。

　　"生命，原本是单纯的"，但人却活得越来越复杂。我们渴望回归单纯，但回归"不但是一种生活艺术，而且是一种精神修炼"。因为人不但有外在的肉体生命，还有内在的灵魂。作者谆谆告诫读者："把命照看好，把心安顿好，人生即是圆满"。这句话的含义就是珍惜平凡生活，保持生命单纯；注重内在生活，积累灵魂财富。一个是生命的自然，一个是生命的精神，珠联璧合就是好的。

　　有机会品读一下《生命的品质》，结合生活经历思考，你的收获会更多。

人生边上的智慧

——读杨绛《走到人生边上》

　　杨绛九十六岁开始讨论哲学，她只和自己讨论，她的讨论与学术无关，甚至与她暂时栖身的这个热闹世界也无关。她讨论的是人生最根本的问题，同时是她自己面临的最紧迫的问题。她是在为一件最重大的事情做准备。走到人生边上，她要想明白留在身后的是什么，前面等着她的又是什么。她的心态和文字依然平和，平和中却有一种令人钦佩的勇敢和敏锐。她如此诚实，以至于经常得不出确定的结论，却得到了可靠的真理。这位可敬可爱的老人，我分明看见她在细心地为她的灵魂清点行囊，为了让这颗灵魂带着全部最宝贵的收获平静地上路。

　　在前言中，杨先生如此写道："我正站在人生的边缘上，向后看看，也向前看看。向后看，我已经活了一辈子，人生一世，为的是什么呢？我要探索人生的价值。向前看呢，我再往前去，就什么都没有了吗？当然，我的躯体火化了，没有了，我的灵魂呢？灵魂也没有了吗？"这一段话点出了她要讨论的两大主题，一是人生的价值，二是灵魂的去向，前者指向生，后者指向死。我们读下去便知道，其实这两个问题是密不可分的。

　　在讨论人生的价值时，杨先生强调人生贯穿灵与肉的斗争，而人生的价值大致取决于灵对肉的支配。不过，这里的

"灵"，并不是灵魂。杨先生说："我最初认为灵魂当然在灵的一面。可是仔细思考之后，很惊讶地发现，灵魂原来在肉的一面。"读到这句话，我也很惊讶，因为我们常说的灵与肉的斗争，不就是灵魂与肉体的斗争吗？但是，接着我发现，她把"灵魂"和"灵"这两个概念区分开来，是很有道理的。她说的灵魂，指不同于动物生命的人的生命，一个看不见的灵魂附在一个看得见的肉体上，就形成了一条人命，且各各自称为"我"。据我理解，这个意义上的灵魂，相当于每一个人的内在的"自我意识"，它是人的个体生命的核心。在灵与肉的斗争中，表面上是肉在与灵斗，实质上是附于肉体的灵魂在与灵斗。所以，杨先生说："灵魂虽然带上一个'灵'字，并不灵，只是一条人命罢了。"我们不妨把"灵"字去掉，名之为"魂"，也许更确切。

肉与魂结合为"我"，是斗争的一方。那么，作为斗争另一方的"灵"是什么呢？杨先生造了一个复合概念，叫"灵性良心"。其中，"灵性"是识别是非、善恶、美丑等道德标准的本能，"良心"是遵守上述道德标准为人行事的道德心。她认为，"灵性良心"是人的本性中固有的。据我理解，这个"灵性良心"就相当于孟子说的人性固有的善"端"，佛教说的人皆有之的"佛性"。这里有一个疑问：作为肉与魂的对立面，这个"灵性良心"当然既不在肉体中，也不在灵魂中，它究竟居于何处，又从何方而来？对此杨先生没有明说。综观全书，我的推测是，它与杨先生说的"大自然的神明"有着内在的联系。这个"大自然的神明"，基督教称作神，孔子称作天。那么，"灵性良心"也就是人身上的神性，是"大自然的神明"在人身上的体现。天生万物，人为万物之灵，灵就灵在天对人有这个特殊的赋予。

接下来，杨先生对天地生人的目的有一番有趣的讨论。她的结论是：这个目的决不是人所创造的文明，而是堪称万物之灵的人本身。天地生人，着重的是人身上的"灵"，目的当然就是要让这个"灵"获胜了。天地生人的目的又决定了人生的目的。唯有人能够遵循"灵性良心"的要求修炼自己，使自己趋于完善。不妨说，人生的使命就是用"灵"引导"魂"，使之成为名副其实的"灵魂"。用这个标准衡量，杨先生对人类的进步提出了质疑：几千年过去了，世道人心进步了吗？现代书籍浩如烟海，文化普及，各专业的研究务求精密，皆远胜于古人，但是对真理的认识突破了多少呢？如此等等。一句话，文明是大大发展了，但人之为万物之灵的"灵"的方面却无甚进步。

尤使杨先生痛心的是："当今之世，人性中的灵性良心，迷蒙在烟雨云雾间。"这位九十六岁的老人依然心明眼亮，对这个时代偏离神明指引的种种现象看得一清二楚：上帝已不在其位，财神爷当道，人世间只成了争权夺利、争名夺位的战场，穷人、富人有各自操不完的心，都陷在苦恼之中……在这个物欲横流的人世间，好人更苦："你存心做一个与世无争的老实人吧，人家就利用你，欺侮你。你稍有才德品貌，人家就嫉妒你、排挤你。你大度退让，人家就侵犯你、损害你。你要保护自己，就不得不时刻防御。你要不与人争，就得与世无求，同时还要维持实力，准备斗争。你要和别人和平共处，就先得和他们周旋，还得准备随处吃亏……"不难看出，杨先生说的是她的切身感受。她不禁发出悲叹："曾为灵性良心奋斗的人，看到自己的无能为力而灰心绝望，觉得人生只是一场无可奈何的空虚。"

况且我们还看到，命运惯爱捉弄人，笨蛋、浑蛋安享富贵尊荣，不学无术可以欺世盗名，有品德的人一生困顿不遇，这类事例数不胜数。"造化小儿的胡作非为，造成了一个不合理的人世。"这就使人对上天的神明产生了怀疑。然而，杨先生不赞成怀疑和绝望，她说："我们可以迷惑不解，但是可以设想其中或有缘故。因为上天的神明，岂是人人都能理解的呢。"进而设问："让我们生存的这么一个小小的地球，能是世人的归宿处吗？又安知这个不合理的人间，正是神明的大自然故意安排的呢？"如果我没有理解错的话，杨先生的潜台词是：这个人世间可能只是一个过渡，神明给人安排的真正归宿处可能在别处。在哪里呢？她没有说，但我们可设想的只能是类似佛教的净土、基督教的天国那样的所在了。

这一点推测，可由杨先生关于灵魂不灭的论述证明。她指出：人需要锻炼，而受锻炼的是灵魂，肉体不过是中介，锻炼的成绩只留在灵魂上；灵魂接受或不接受锻炼，就有不同程度的成绩或罪孽；人死之后，肉体没有了，但灵魂仍在，锻炼或不锻炼的结果也就仍在。她的结论是："所以，只有相信灵魂不灭，才能对人生有合理的价值观，相信灵魂不灭，得是有信仰的人。有了信仰，人生才有价值。"

那么，杨先生到底相不相信灵魂不灭呢？在正文的末尾，她写道："有关这些灵魂的问题，我能知道什么？我只能胡思乱想罢了。我无从问起，也无从回答。孔子曰：'未知生，焉知死''不知为不知'，我的自问自答，只可以到此为止了。"看来不能说她完全相信，她好像是将信将疑，但信多于疑。虽然如此，我仍要说，她是一个有信仰的人，因为在我看来，信仰的实质在于不管是否确信灵魂不灭，都按照灵魂不灭的信念做人处世，好好锻炼灵魂。孔子说"祭神如神在"，一个人若能事事都怀着"如神在"的敬畏之心，就可以说是有信仰的了。

　　杨先生向许多"聪明的年轻人"请教灵魂的问题，得到的回答很一致，都说人死了就是什么都没有了，而且对自己的见解都坚信不疑。我不禁想起了两千五百多年前苏格拉底的同样遭遇，当年这位哲人也曾向雅典城里许多"聪明的年轻人"请教灵魂的问题，得到的也都是自信的回答，于是发出了"我知道我一无所知"的感叹。杨先生也感叹："真没想到我这一辈子，脑袋里全是想不通的问题。""我提的问题，他们看来压根儿不成问题。""老人糊涂了！"但是，也和当年苏格拉底的情况相似，正是这种普遍的自以为知更激起了杨先生深入探究的愿望。我们看到，她不依据任何已有的理论或教义，完全依靠自己的生活经验和独立思考，一步一步自问自答，能证实的予以肯定，不能证实的存疑。例如肉体死后灵魂是否继续存在，她在举了亲近者经验中的若干实例后指出："谁也不能证实人世间没有鬼。因为'没有'无从证实；证实'有'，倒好说。"由于尚无直接经验，所以她自己的态度基本上是存疑，但决不断然否定。

　　杨先生的诚实和认真，着实令人感动。但不止于此，她还是敏锐和勇敢的，她的敏锐和勇敢令人敬佩。由于中国两千多年传统文化的实用品格，加上几十年的唯物论宣传和教育，人们对于看不见、摸不着的东西往往不肯相信，甚至毫不关心。

杨先生问得好：" '真、善、美'看得见吗？摸得着吗？看不见、摸不着的，不是只能心里明白吗？信念是看不见的，只能领悟。"我们的问题正在于太"唯物"了，只承认物质现实，不相信精神价值，于是把信仰视为迷信。她所求教的那些"聪明的年轻人"都是"先进知识分子"，大抵比她小一辈，其实也都是老年人了，但浸染于中国的实用文化传统和主流意识形态，对精神事物都抱着不思、不信乃至不屑的态度。杨先生尖锐地指出："什么都不信，就保证不迷吗？" "他们的'不信不迷'使我很困惑。他们不是几个人。他们来自社会各界：科学界、史学界、文学界等，而他们的见解却这么一致、这么坚定，显然是代表这一时代的社会风尚，都重物质而怀疑看不见、摸不着的'形而上'境界。他们下一代的年轻人，是更加偏离'形而上'境界，也更偏重金钱和物质享受的。"凡是对我们时代的状况有深刻忧虑和思考的人都知道，杨先生的这番话多么切中时弊，不啻是醒世良言。这个时代有种种问题，最大的问题正是信仰的缺失。

我无法不惊异于杨先生的敏锐，这位九十六岁的老人实在比绝大多数比她年轻的人更年轻，心智更活泼，精神更健康。作为证据的还有附在正文后面的"注释"，我劝读者千万不要错过，尤其是《温德先生爬树》《劳神父》《记比邻双鹊》《〈论语〉趣》诸篇，都是大手笔写出的好散文啊。尼采有言："句子的步态表明作者是否疲倦了。"我们可以看出，杨先生在写这些文章时是怎样地毫不疲倦，精神饱满，兴趣盎然，遣词造句、布局谋篇是怎样地胸有成竹，收放自如，一切都在掌控之中。这些文章是一位九十六岁的老人写的吗？不可能。杨先生真是年轻！

2007.9

名师赏析

　　本文是周国平先生的读书笔记，读的是杨绛先生在96岁高龄时创作的一部充满哲思与意趣的散文集《走到人生边上》。

　　杨绛先生说她活了一辈子，想去探索人生的价值，讨论的是人生最根本的问题——人生的价值和灵魂的去向。她和自己讨论，也向许多人求教，将两个问题密切联系在一起，最终合为一体，即"所以，只有相信灵魂不灭，才能对人生有合理的价值观，相信灵魂不灭，得是有信仰的人。有了信仰，人生才有价值"。文中，周国平先生毫不吝惜地对杨绛先生睿智平和、诚实认真、敏锐勇敢的大手笔给予了高度赞叹。甚至在文末用了一句"杨先生真是年轻！"直抒胸臆，景仰膜拜之情可见一斑。

　　一花一世界，一叶一菩提，先贤所见，深刻于心。相信此文会成为我们修炼自我、完善自身、追寻价值、坚定信仰的一座灯塔。

内在生命的伟大

一

小时候，也许我也曾经像那些顽童一样，尾随一个盲人，一个瘸子，一个驼背，一个聋哑人，在他们的背后指指戳戳，嘲笑，起哄，甚至朝他们身上扔石子。如果我那样做过，现在我忏悔，请求他们的原谅。

即使我不曾那样做过，现在我仍要忏悔。因为在很长的时间里，我多么无知，竟然以为残疾人和我是完全不同的种类，在他们面前，我常常怀有一种愚蠢的优越感，一种居高临下的怜悯。

现在，我当然知道，无论是先天的残疾，还是后天的残疾，这厄运没有落到我的头上，只是侥幸罢了。遗传，胚胎期的小小意外，人生任何年龄都可能突发的病变，车祸，地震，不可预测的飞来横祸，种种造成了残疾的似乎偶然的灾难原是必然会发生的，无人能保证自己一定不被选中。

被选中诚然是不幸，但是，暂时——或者，直到生命终结，那其实也是暂时——未被选中，又有什么可优越的？那个病灶长在他的眼睛里，不是长在我的眼睛里，他失明了，我仍能看见。那场地震发生在他的城市，不是发生在我的城市，他失去了双腿，我仍四肢齐全……我要为此感到骄傲吗？我多么浅薄啊！

上帝掷骰子，我们都是芸芸众生，都同样地无助。阅历和思考使我懂得了谦卑，懂得了天下一切残疾人都是我的兄弟姐妹。在造化的恶作剧中，他们是我的替身，他们就是我，他们在替我受苦，他们受苦就是我受苦。

二

我继续问自己：现在我不瞎不聋，肢体完整，就证明我不是残疾了吗？我双眼深度近视，摘了眼镜寸步难行，不敢独自上街。在运动场上，我跑不快，跳不高，看着那些矫健的身姿，心中只能羡慕。置身于一帮能歌善舞的朋友中，我为我的身体的笨拙和歌喉的暗哑而自卑。在所有这些时候，我岂不都觉得自己是一个残疾人吗？

事实上，残疾与健全的界限是十分相对的。从出生那一天起，我们每一个人的身体就已经注定要走向衰老，会不断地受到损坏。由于环境的限制和生活方式的片面，我们的许多身体机能没有得到开发，其中有一些很可能已经萎缩。严格地说，世上没有绝对健全的人。有形的残缺仅是残疾的一种，在一定的意义上，人人皆患着无形的残疾，只是许多人对此已经适应和麻木了而已。

人的肉体是一架机器，如同别的机器一样，它会发生故障，会磨损、折旧并且终于报废。人的肉体是一团物质，如同别的物质一样，它由元素聚合而成，最后必定会因元素的分离而解体。人的肉体实在太脆弱了，它经受不住钢铁、石块、风暴、海啸的打击，火焰会把它烤焦，严寒会把它冻伤，看不见的小小的病菌和病毒也会置它于死地。

不错，我们有千奇百怪的养生秘方，有越来越先进的医疗技术，有超级补品、冬虫夏草、健身房、整容术，这一切都是用来维护肉体的。可是，纵然有这一切，我们仍无法防备种种会损毁肉体的突发灾难，仍不能逃避肉体的必然衰老和死亡。

我不得不承认，如果人的生命仅是肉体，则生命本身就有着根本的缺陷，它注定会在岁月的风雨中逐渐地或突然地缺损，使它的主人成为明显或不明显的残疾人。那么，生命抵御和战胜残疾的希望究竟何在？

三

此刻我的眼前出现了一系列高贵的残疾人形象。在西方，从盲诗人荷马，到双耳失聪的大音乐家贝多芬，双目失明的大作家博尔赫斯，全身瘫痪的大科学家霍金，当然，还有又瞎又聋的永恒的少女海伦·凯勒。在中国，从受了腐刑的司马迁，受了膑刑的孙膑，到瞎子阿炳，以及今天仍然坐着轮椅在文字之境中自由驰骋的史铁生。他们的肉体诚然缺损了，但他们的生命因此也缺损了吗？当然不，与许多肉体没有缺损的人相比，他们拥有的是多么完整而健康的生命。

由此可见，生命与肉体显然不是一回事，生命的质量肯定不能用肉体的状况来评判。肉体只是一个躯壳，是生命的载体，它的确是脆弱的，很容易破损。但是，寄寓在这个躯壳之中，又超越于这个躯壳，我们更有一个不易破损的内在生命，这个内在生命的通俗名称叫作精神或者灵魂。就其本性来说，灵魂是一个单纯的整体，而不像肉体那样由许多局部的器官组成。外部的机械力量能够让人的肢体断裂，但不能切割下哪怕一小块人的灵魂。自然界的病菌能够损坏人的器官，但没有任何路径可以侵蚀人的灵魂。总之，一切能够致残肉体的因素，都不能致残我们的内在生命。正因为此，一个人无论躯体怎样残缺，仍可使自己的内在生命保持完好无损。

原来，上帝只在一个不太重要的领域里掷骰子，在现象世界播弄芸芸众生的命运。在本体世界，上帝是公平的，人人都被赋予了一个不可分割的灵魂，一个永远不会残缺的内在生命。同样，在现象世界，我们的肉体受千百种外部因素的支配，我们自己做不了主人。可是，在本体世界，我们是自己内在生命的主人，不管外在遭遇如何，都能够以尊严的方式活着。

四

诗人里尔克常常歌咏盲人。在他的笔下，盲人能穿越纯粹的空间，能听见从头发上流过的时间和在脆玻璃上玎玲作响的寂静。在热闹的世界上，盲人是安静的，而他的感觉是敏锐的，能以小小的波动把世界捉住。最后，面对死亡，盲人有权宣告："那把眼睛如花朵般摘下的死亡，将无法企及我的双眸……"

是的，我也相信，盲人失去的只是肉体的眼睛，心灵的眼睛一定更加明亮，能看见我们看不见的事物，生活在一个更本质的世界里。

感官是通往这个世界的门户，同时也是一种遮蔽，会使人看不见那个更高的世界。貌似健全的躯体往往充满虚假的自信，踌躇满志地要在外部世界里闯荡，寻求欲望和野心的最大满足。相反，身体的残疾虽然是限制，同时也是一种敞开。看不见有形的事物了，却可能因此看见了无形的事物。不能在人的国度里行走了，却可能因此行走在神的国度里。残疾提供了一个机会，使人比较容易觉悟到外在生命的不可靠，从而更加关注内在生命，致力于灵魂的锻炼和精神的创造。

在这个意义上，不妨说，残疾人更受神的眷顾，离神更近。

五

上述思考为我确立了认识残奥会的一个角度，一种立场。

残疾人为何要举办体育运动会？为何要撑着拐杖赛跑，坐着轮椅打球？是为了证明他们残缺的躯体仍有力量和技能吗？是为了争到名次和荣誉吗？从现象看，是；从本质看，不是。

其实，与健康人的奥运会比，残奥会更加鲜明地表达了体育的精神意义。人们观看残奥会，不会像观看奥运会那样重视比赛的输赢。人们看重的是什么？残奥会究竟证明了什么？

我的回答是：证明了残疾人仍然拥有完整的内在生命，在生命本质的意义上，残疾人并不残疾。

残奥会证明了人的内在生命的伟大。

2008.7

名师赏析

　　本文是周国平先生关于残疾与健全，肉体与灵魂的思考。在作者眼中，外在的残缺遮盖不住内心的完整。内在生命的伟大，让有形的残缺与无形的完整相融，让外在的差异与内在的一致相合，让外在的皮囊和内在的灵魂相拥。因为内在生命的伟大，无论现象世界多么无奈，我们每个人都可以成为自己生命的主人，不可分割的灵魂赋予我们完好无缺的内心，让我们的本体世界自由而丰盈。

　　周先生的文章充满着文学的魅力和哲学的智慧。我们需带着深深的敬畏走进文本，用纯纯的喜欢去品味文章的语言之美，用静静的思考去感受哲学的思辨之美，用浅浅的顿悟去感受生命的内在之美。细品此文，我们一定会睁开我们的菩萨之眼，对芸芸众生满怀善良和谦卑，我们一定会打开我们的灵魂之窗，对内在生命满怀敬畏和感激。

写作上的从小见大

世界文学宝库中，有许多名篇是通过描述日常小事阐明大道理的。即使那些宏大叙事的巨著，比如曹雪芹的《红楼梦》，托尔斯泰的《战争与和平》，占据大量篇幅的也是日常生活中的细节。人在一生中也许会遭遇大事，但遭遇最多的还是日常小事，不论伟大平凡，概莫例外。因此，对于写作者来说，从小见大是一项重要的功夫。

怎样做到从小见大？我的回答是，第一在平时练就"见"的眼力，第二在写作时如实写出所"见"。

大道理往往寓于小事之中，小事中却未必都蕴含大道理，因此首先就有一个选材的问题。硬从鸡零狗碎中开发出高论大言，牵强附会，这样的文章最讨人嫌。那么，怎样才能捕捉住真正值得"小题大做"的小事，并且做得恰到好处呢？"功夫在诗外。"陆游此言说出了写作的普遍真理。意义只向有心人敞开，你唯有平时就勤于思考宇宙、社会、人生的大道理，又敏于感受日常生活中的细小事物，才会有一副从小见大的好眼力。泰戈尔从一朵野花看到了造物主创造的耐心，敬畏之心油然而生，如此写道："我的主，你的世纪，一个接着一个，来完成一朵小小的野花。"同样的一朵野花，一个对宇宙和生命的真理毫无思考的人看见了，是什么感想也不会有的。

写作不是写作时才发生的事情，平时的积累最重要。心灵始终保持一种活泼的状态，如同一条浪花四溅的溪流，所谓好文章不过是被抓到手的其中一朵浪花罢了。长期以来，我养成了一个习惯，在生活中每遇到触动我的心灵的事，不论悲喜苦乐，随时记录下来，包括由之产生的思考。越是使我快乐或痛苦、感动或愤怒的事，我越不轻易放过，但也不沉溺其中，而是把它们当作认识人生和人性的宝贵材料。这样做的结果是，久而久之，我感到小与大之间的道路是畅通的，从小见大就不是什么难事了。

当然，具体写作时，是要有技巧的，但技巧并不复杂，我认为主要是两条。第一，对于所写的这件小事，要抓住它真正使你被触动的情境和细节，这实际上是小和大之间的关联点，着重加以描述，尽可能写得准确、细致、具体、生动，让读者感到，你被触动是多么自然的事情，他们在此情境中同样会被触动。在这样的描述中，已经隐含大道理了。因此，第二，对于从小事中体悟到的大道理，只需作画龙点睛的表述，语言要简洁，切忌长篇大论，要质朴，切忌豪言壮语，最好还要独特，切忌老生常谈。最佳的效果是，读者从你所描述的小中已经隐约见出了大，而在读到你的点睛之句时，仿佛刹那间被点破，发出了会心的微笑。

2008.8

　　本文是周国平先生谈论写作技巧与感悟的散文。周国平先生先列举世界文学宝库的巨著名篇中，占据大量篇幅的是日常生活中的细节；再谈人一生中遭遇最多的还是日常小事。由此引导写作者：从小见大是一项重要功夫。怎样做到从小见大，是重点也是难点。周先生提出："第一在平时练就'见'的眼力"，"第二在写作时如实写出所'见'"。全文层层剥茧，深入浅出，令我们获益匪浅。

　　周国平先生是散文家，也是哲学家。他的散文，以文学的形式，哲学的内核，把人世间的事娓娓道来。文学的形式给人以美的吸引和享受，哲学的内核再给人以精神的升华。用文学记录触动我们的小事，再把它升华为人生的哲理。原来周国平先生所说的写作上的"从小见大"四个字竟有如此深厚的底蕴。

诗意地栖居

鉴于碳排放过量导致全球环境破坏和气候异常的严峻事实，国际社会正在倡导低碳理念，实施低碳行动，中国政府对此也积极响应。低碳理念的落实，在技术层面上有赖于能源体系的变革，即寻求化石能源节约、高效和洁净化利用的途径，并大力发展非化石洁净能源。但是，单有技术层面显然不够，严重碳污染只是人类某种错误的生存发展观念的恶果之一，唯有在哲学层面上深刻反思，根本转变人类的生存发展观念，才能真正解决问题。

本年度北京科技周以"诗意地栖居"为主题举办低碳生活专题论坛，邀我做嘉宾，我就从今天在中国广泛流传的这一句诗谈起吧。荷尔德林有一首诗，其中的一句是："人诗意地栖居在这个大地上。"海德格尔对这一句诗做了非常繁复的分析，其中心意思是，诗意是栖居的本质，只有诗意才使人真正作为人栖居在大地上，从而使栖居成为安居，使大地成为家园。我认为可以由之引申出两个观点：第一，在人与自然的关系上，人应该以诗意方式而非技术方式对待自然；第二，在人自身的幸福追求上，人应该以诗意生活而非物质生活作为目标。从这两个方面来看当今中国人的生存境况，我们不得不承认，诗意已经荡然无存。

什么叫对待自然的技术方式？就是把自然物仅仅看成满足人的需要的一种功能，对人而言的一种使用价值，简言之，仅仅看成资源和能源。天生万物，各有其用，这个用不是只对人而言的。用哲学的语言说，万物都有其自身的存在和权利，用科学的语言说，万物构成了地球上自循环的生态系统。然而，在技术方式的统治下，一切自然物都失去了自身的存在和权利，只成了能量的提供者。今天的情况正是如此，在席卷全国的开发热中，国人眼中只看见资源，名山只是旅游资源，大川只是水电资源，土地只是地产资源，矿床只是矿产资源，皆已被开发得面目全非。这个被人糟蹋得满目疮痍的大地，如何还能是诗意地栖居的家园？

由此可见，问题不是出在技术不到位，而是出在对待自然的技术方式本身。与技术方式相反，诗意方式就是要摆脱狂妄的人类中心主义和狭窄的功利主义的眼光，用一种既谦虚又开阔的眼光看自然万物。一方面，作为自然大家庭中的普通一员，人以平等的态度尊重万物的存在和权利。另一方面，作为地球上唯一的精神性存在，人又通过与万物和谐相处而领悟存在的奥秘。其实，对待自然的诗意方式并不玄虚，这在一切虔信的民族那里是一个传统。比如在藏民眼中，自然山河绝不只是资源和能源，更不是征服的对象，相反，他们把大山大川看作神居住的地方，虔诚地崇拜。我们不要说他们愚昧，愚昧的可能是我们而不是他们，他们远比我们善于和自然和谐相处，并从中获得神圣的感悟。

毫无疑问，人为了生存，对待自然的技术方式是不可缺少的。但是，必须限制技术的施展范围，把人类对自然物的干预和改变控制在最必要限度之内，让自然物得以按照自然的法则完成其生命历程。人类应该在这个前提下来安排自己的经济和生活，而这就意味着大大减少资源和能源的开发及使用。

也许有人会问：这不是要人类降低生活质量，因而是一种倒退吗？且慢，我正想说，若要追究我们对待自然的错误方式的根源，恰恰在于我们的价值观、幸福观出了问题。正因为在我们的幸福蓝图中诗意已经没有一点位置，我们才会以没有丝毫诗意的方式对待自然。在今天，人们往往把物质资料的消费视为幸福的主要内容，国家也往往把物质财富的增长视为治国的主要目标，我可断言，这样的价值观若不改变，人类若不约束自己的贪欲，人对自然的掠夺就不可能停止。我听到有论者强调说：低碳经济的目标是低碳高增长。我不禁要问：为什么一定要高增长？我很怀疑，以高增长为目标，低碳能否实现，至少在非化石能源尚难普及的相当长时期里是无法实现的。在我看来，宁可经济增长慢一点，多花一点力气来建构全民福利，缩小贫富差别，增进社会和谐，这样人民是更幸福的。

所以，真正需要反思的问题是：什么是幸福？我一向认为，人最宝贵的东西，一是生命，二是心灵，而若能享受本真的生命，拥有丰富的心灵，便是幸福。这当然必须免去物质之忧，但并非物质越多越好，相反，毋宁说这二者的实现是以物质生活的简单为条件的。一个人把许多精力给了物质，就没有什么闲心来照看自己的生命和心灵了。诗意的生活一定是物质上简单的生活，这在古今中外所有伟大的诗人、哲人、圣人身上都可以得到印证。现代人很看重技术所带来的便利，日常生活依赖汽车和家用电器，甚至运动和娱乐也依赖各种复杂的设施，耗费了大量能源，但因此就生活得比古人幸福么？李白当年"五岳寻仙不辞远，一生好入名山游"，走了许多崎岖的路，留下了许多不朽的诗。我们现在乘飞机往返景区，乘缆车上山下山，倒是便捷了，但看到、感受到的东西可有李白的万分之一，我们比李白幸福吗？苏东坡当年夜游承天寺，对朋友感叹道："何夜无月，何处无竹柏，但少闲人如吾二人耳。"我们现在更少这样的闲人，而最可悲的是，从前无处不有的明月和竹柏也已经成了稀罕之物，我们比苏东坡幸福吗？

是的，诗意是栖居的本质，人如果没有了诗意，大地就会遭蹂躏，不再是家园，精神就会变平庸，不再有幸福。

2010.5

名师赏析

你喜欢在什么样的地方居住？是琼楼玉宇，还是青山绿水间？古有《陋室铭》，有《项脊轩志》，可见，古人更多的在于追求精神的契合，而非物质的享受。这似乎与今人提倡的"诗意地栖居"不谋而合。

周国平先生从环境污染和低碳行动入手，从哲学层面深刻反思人类与自然的关系。他指出，人应该以诗意的方式，而非技术方式对待自然。就是说，人作为自然大家庭中的普通一员，要以平等的态度尊重万物的存在和权利，通过与自然和谐相处，而领悟存在的奥秘。诗意地栖居更重要的还体现在人自身的幸福追求上，以诗意生活作为目标，享受生命的本真，拥有丰富的心灵。诗意是栖居的本质，爱护环境，我们也会感受李白、苏轼那样的幸福，让栖居成为安居，让大地成为家园。